U0943492

拟南芥 著

北京联合出版公司
Beijing United Publishing Co.,Ltd.

图书在版编目（CIP）数据

生门 / 拟南芥著 . -- 北京 : 北京联合出版公司 , 2022.11（2023.9 重印）

ISBN 978-7-5596-6479-2

Ⅰ . ①生… Ⅱ . ①拟… Ⅲ . ①长篇小说－中国－当代 Ⅳ . ① I247.5

中国版本图书馆 CIP 数据核字（2022）第 183940 号

生门

作　　者：拟南芥
出 品 人：赵红仕
选题策划：雁北堂（北京）文化传媒有限公司
责任编辑：夏应鹏
特约策划：张雪迎
特约编辑：张雪迎
封面设计：沉清 Evechan
版式设计：冉冉工作室

北京联合出版公司出版
（北京市西城区德外大街 83 号楼 9 层　100088）
天津雅图印刷有限公司印刷　新华书店经销
字数 159 千字　880 毫米 × 1230 毫米　1/32　9.25 印张
2022 年 11 月第 1 版　2023 年 9 月第 2 次印刷
ISBN 978-7-5596-6479-2
定价：45.00 元

版权所有，侵权必究
未经书面许可，不得以任何方式转载、复制、翻印本书部分或全部内容。
本书若有质量问题，请与本公司图书销售中心联系调换。电话：（010）58301268

目　录

CONTENTS

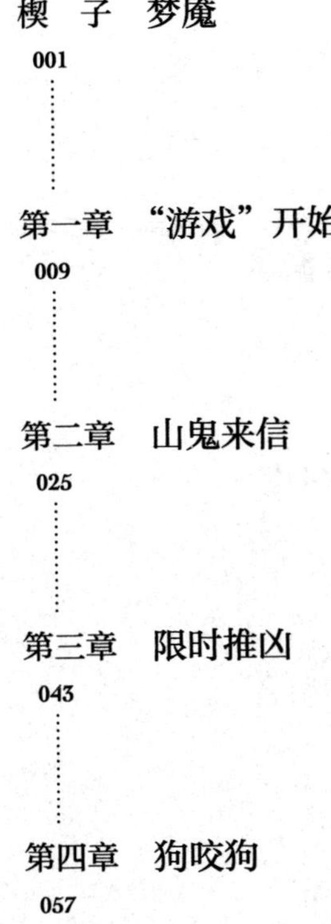

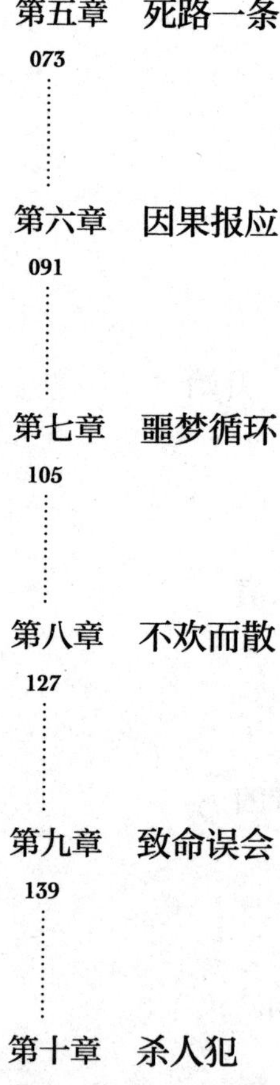

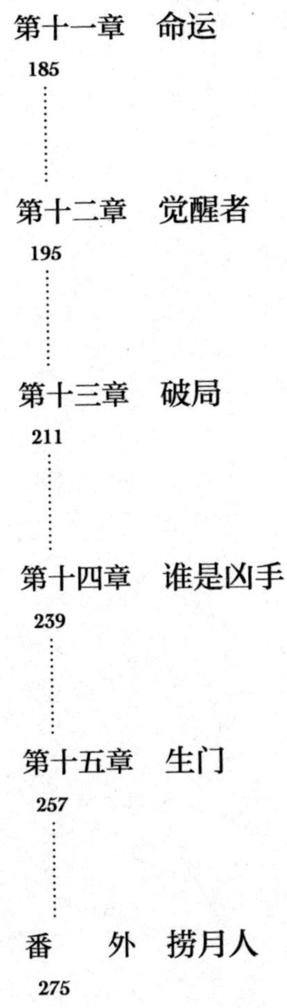

楔子

梦魇

混沌黑暗的梦境，宛如泥泞的沼泽，包裹着人体。

腐臭的气味像挥之不去的幽灵，颤抖着、旋转着往人的鼻孔里钻，钻到肺泡里，种下一个个深紫色的毒菇，慢慢胀大，最后“砰”的一声，爆炸开来。

“——喀喀喀。”

界心鸣在旅馆发黄、潮湿的床上剧烈咳嗽起来，震得天花板上的尘埃纷纷扬扬飘落。界心鸣摸索着按下床头灯的开关，整个房间由暗转亮，灯光刺痛了他的眼睛。

他眯着眼，费劲地从床头柜上摸到两张纸巾，捂着鼻子，将罪魁祸首咳出来。界心鸣打开纸巾一看，半透明的黏液里躺着一片奇怪的薄膜，似乎是某种昆虫的翅膀，在昏暗灯光下，散发着一种诡异的色泽。

界心鸣冲进厕所，对着破旧的马桶开始呕吐，呕到只能吐出酸水为止。他打开水龙头，把带着消毒水气味的凉水拍到脸上。从火车上带来的疲倦并没有随着睡眠而消去，那只钻入他体内的小虫反而加深了他的倦意。

都怪这家破旅馆！但在这样的小地方，他只能找到这一家旅馆。房间没有窗户，上面是发黑龟裂的天花板，由上到下弥漫着一股霉味。

界心鸣看了眼手表，现在才四点二十七分。他扶着头回到床上，用被子蒙住脑袋，希望再回到梦乡休息一会儿。

旅馆小房间的隔音并不好，一静下来，界心鸣就听到从隔壁传来的响亮鼾声。

这个地方真的是糟透了，界心鸣想，和他小时候一样，到处都是恶心的虫子，到处都是恶臭！

要不是因为那封装神弄鬼的信，他才不会再回到这早该被毁灭的地方。

十三年前的那桩谜案，就像一根尖刺扎在界心鸣的心里——姐姐扭曲的五官、奇怪的死相，还有山鬼的传说。一切都像梦魇一般，自那时起就缠绕着界心鸣，不肯散去。

◐

山鬼，是村子里口口相传的怪物。它们只有孩童大小，一双赤红的眼睛、尖锐的爪子和一身黑毛。它们会藏在草丛中、阴影处学小孩子的哭声或者笑声，人一旦搭理它们就会被缠上。而被它们看到、抓伤，受害者哪怕当时不死，回到家后也会陷入疯狂，没几天就会心悸而亡。之后，山鬼就会潜入墓地挖开死者坟墓，吞下半腐的内脏。在没有尸体的时候，那些令人作呕的怪物会来偷走村落里的狗和鸡，吓唬耕牛。

千百年来，山鬼这个鬼魅般的存在，就像盘旋在村民头顶共同的噩梦，经过想象和恐惧的滋润，越发神秘可怖起来，只要听到它们的名字，小孩就会忘了哭泣。它们就像无药可救的病毒，毁掉了一代又一代人的心灵。

因为始终无法找到凶手，当年界心鸣的姐姐——林盼盼的死，就被认为是山鬼作祟。

界心鸣从来不相信这些子虚乌有的东西，但他时常会做梦。梦里的山鬼总是在追赶林盼盼，林盼盼惊恐狂奔，他却站在一旁动弹不得，只能眼睁睁地看着山鬼狞笑着抓住林盼盼。下一秒，山鬼转头——那是一张属于林盼盼的脸。

猛然惊醒，一身冷汗，每次都是这样。

所以，在收到这封声称知晓林盼盼死因的匿名信后，他立即丢下一切赶了过来。无论寄信人是故弄玄虚还是知晓隐情，这都是他最后的机会，毕竟再过不久，这里的一切就要消失了。

既然有人旧事重提，他就要抓住这次机会，破解山鬼作祟之谜，找出真正的凶手。

回忆就像潮水，冲刷着界心鸣。

迷糊之际，界心鸣的便携闹钟响了，单调刺耳的电子音，让界心鸣再一次起床。五点半了，一个小时转瞬即逝。头还是一样难受，没有一丝好转。

简单梳洗过后，界心鸣在六点下了楼。早餐是旅馆自己做的馒头、咸菜，他就着咸菜吃了两个馒头，然后把剩下的都装进包里。他还有一大段路要走，带点干粮是必须的。

前台的胖女人睁着惺忪的睡眼，穿着睡衣，趿着拖鞋，板着脸替他办理了退房手续。

旅馆老板的女儿正蹲在大厅里，面对着一缸鱼，掰碎一个半干的馒头。小女孩大概十岁，有一双清澈的大眼睛，扎着双马尾，看得出来是个美人坯子。不过，也许老板、前台和小女孩并不是一家人。

简陋的鱼缸里有十多条鱼，其中四五条是普通的观赏鱼，另有几条界心鸣认不出来，只有拇指大小，在灯光下闪着淡淡的蓝光和绿光。

界心鸣看得出来这个小女孩并不会养鱼，她喂得太多，而鱼又是不知满足的贪婪鬼，过不了多久，这些鱼大概都会死了吧。不过这是人家的鱼，他不便置喙。再者说了，对孩子来说，死亡也是一堂必修课，越早明白越好。

界心鸣揉搓着太阳穴，走到旅馆外。早晨的雾气遮挡了一切，外面能见度太低了。旅馆老板走出来对界心鸣说道："没事，我们这儿常年有雾，等太阳出来晒一晒就好了。"

界心鸣露出微笑："我知道，我也是本地人。"

老板挠了挠头："我以为你是特意从外面赶来看蓄水的。"

"这样说也没错，我来这里就是看蓄水的，顺便再看看我老家最后一面。"界心鸣解释道。

"原来我也住在山的那边，后来才搬到这里。"老板掏出烟，问界心鸣，"抽吗？"

界心鸣接过烟点上，叼在了嘴里。

"我老家也要被淹了，还有好大一片地方都要被淹。不过有了这个大水电站，以后我们用电就方便了。"老板说道，"距离蓄水还有四天。路都封死了，你怎么进去？"

界心鸣说道："总有办法能进去。"他不想细说。

"你过去的话一定要小心。"老板再次提醒他，"记得还有四天。"

界心鸣点了点头，没头没尾地说道："这么大的水的话，山鬼也能被淹死吧。"

“什么？”

“没什么，以前我老家闹过山鬼。”界心鸣说道，“所以我想山鬼是不是也会被淹死。”

老板说道：“你们那儿还真不容易，那些山鬼是该死了，现在连山都没有了，它们难道转行当水鬼吗？”

界心鸣没有回话，走到自己的车前，打开车门，坐了进去。

他开着租来的汽车，在朦胧的晨曦中向目的地开去。一路上，他看到无数的横幅上庆祝着同一件大事。

在阜清到昌兴之间的琮河干流上，阜昌大坝这座规模宏大的水电站即将正式蓄水。而蓄水完成后，它将会淹没一百多座城镇，包括界心鸣的家乡。

因此，在大水来临前，界心鸣要见一见故人，再看一看事发现场。

他的怀里揣着那封匿名信，信上所有字都是从新华字典上剪下来拼好的。寄信者说自己将在未来几天破解他姐姐林盼盼的死亡之谜，让界心鸣务必到场。

界心鸣认为这一定是熟人，毕竟只有熟人，才有掩盖笔迹的必要。

第一章

“游戏”开始

界心鸣在山路上颠簸了将近四个小时。

一路上，好几个废弃的村庄从车窗外一闪而过。村民几乎搬走了一切可用的东西，小道上堆满了杂物、垃圾，有一些房子的门窗都被拆下来带走了，只留下空荡荡的屋子，宛如被剜去眼睛的盲人。风从这些废墟中穿过，发出断断续续的呜咽声。瘦骨嶙峋的狗在角落游荡，也许它们本身就是流浪狗，也许是被遗弃了。界心鸣的车从它们身边驶过，它们立刻跑散，躲进了废村的阴影里。

路边的景色飞快向后掠去。十三年没回来了，界心鸣靠着记忆总算找到了路。小矿山已经完全变了样，曾经的不毛之地终于再度萌发生命，长满了野草。

山脚下不远处就是界心鸣待过十八年的村子——白水村。

这是个仅百户的小村子，一度因为煤矿而兴盛。白水煤矿规模虽然小，但效益不错，村里的马路、别墅、商店就是在那时建造的。随着煤矿开采殆尽，村子也迅速衰落，青壮年只能外出工作，留下老弱病残在村中守着不多的田地，只有破败的洋楼和矿工宿舍等建筑在述说着白水村曾经的辉煌——如流星、如昙花一般辉煌。

界心鸣把车停到学校门口。

校门口已经停了两辆摩托，看来在他之前已经有两个人到了。村里的学校不仅是小学，也是中学，白水村里一共也就二三十个孩子。从前，学校就一间棚屋，一位老教师负责所有的教学工作。如果要上好一些的学校，学生就不得不每天走上二三十里路去附近的大村子读书。

村里开了煤矿后才建了相对正规的小校舍。界心鸣他们这代人都是在小校舍长大的，至于高中、大学，那些都不在他们的考虑范畴之内。村民们大都短视，认为念书没有多大的意义，只要能识字，能看懂机器的使用说明，不至于当个睁眼瞎就行，读再多书又能去哪儿？哪里还有比在矿上干活更好的安排？

界心鸣也是这样，在村里读完，又去镇子上的职业学校混了两年，一满十八岁就上矿了。

不远处传来引擎断断续续的轰鸣声，界心鸣收敛了思绪。

又有人来了。他顺着引擎声，往村子里走去。

风穿过破败、空荡荡的街道，吹到人身上，带走丝丝热量。

山里的气温本就比外面低，走在路上，界心鸣有些后悔没带一件外套过来。

就在下一个转角，一个黑影突然出现在界心鸣面前。

界心鸣反应不及，往后退了两步，差点摔倒。他靠着墙站稳身子，一看，来人是个满脸是血的女人，眉眼间还有些熟悉的感觉。

“你是小界？”女人问。

“你，你是？”界心鸣试探着问道，“你是忍冬姐吗？”

女人一言不发地点了点头。

周忍冬和界心鸣是同级生，比他大一岁，他们曾在一起上学，之后又一起工作。

界心鸣一脸惊讶：“你这是怎么回事？”界心鸣上前两步，才发现周忍冬头上好像破了一道口子，血流了一脸，不过现在已经干透。她身上也有几道口子，连带着衣服也脏兮兮的。

周忍冬回答道：“在路上不小心摔了一跤。”

界心鸣好奇地问：“你怎么来的？”

“骑了摩托。”

摩托是农村最常见的交通工具，价格低廉，能适应大部分地形。比起汽车的“铁包肉”，毕竟是“肉包铁”，山路又崎岖，万一出了意外，确实容易受伤。

界心鸣有些惊讶地说：“我以为你会和传明哥一起来。”

听到“传明哥”三个字，周忍冬的表情瞬间凝固，仿佛被戳到了痛处。界心鸣一愣，意识到自己可能说错了话。

是啊，十三年过去了，什么事情都有可能发生。当年被所有人祝福的情侣可能早已分道扬镳，由爱人变成陌路，甚至是仇人。

想到这里，界心鸣有些尴尬，他再度试探着开口：“忍冬姐，要不你来我车上包扎一下？我带了点药。”

“好吧。”周忍冬点了点头，跟着界心鸣到了学校门口。

她看到界心鸣开来的汽车，第一次露出了笑容：“你都开上车了，看来成大老板了呀。”她的语气中没有恶意，只有单纯的调侃。

从前周忍冬喜欢变着法逗界心鸣，那个时候界心鸣总会被捉弄得不知所措。时过境迁，现在的界心鸣已经不会再对这些玩笑话感到无措了。

界心鸣摆了摆手，苦笑着说道：“是我租的。”

“租车也大气呀。”

“不大气，我就是贪图方便才租了车。”界心鸣打开车门，从后座拉出一个大背包。

界心鸣知道要来白水村废墟，特意准备了这个大包，包内有 GPS 设备、应急药物、绷带、打火石、压缩军粮等物资，以应对可能出现的意外。他把消毒药水和绷带递给周忍冬，周忍冬接过来，笑着道了声谢，花了十多分钟简单地包扎了伤口。

“要不我们也进到学校里看看吧。”界心鸣提议道。来了这么久，还不知道那两辆摩托车的主人是谁。

周忍冬点了点头。

两人结伴进入学校，校舍是两层小楼，低年级在一楼，高年级在二楼。他们踩过枯枝败叶，走进楼里。

界心鸣喊了几声：“有人吗？”

一楼没有人。

“他们会不会到其他地方去了？”周忍冬问。

“我上去看看吧。”界心鸣说道。

界心鸣一个人踏上楼梯，往上走去，正到拐角处，面前忽然窜出一个黑影。没错，又是一个黑影，而且这个黑影正冲他而来。界心鸣一惊，下意识地后仰，多亏他牢牢抓住一旁的扶手，才没有跌下楼梯。

“这不是小界吗？”又一个熟悉的声音响起。

界心鸣搞不明白为什么这些故人都喜欢用这种方式出现，非要吓他一跳似的。

那个黑影牢牢抓住了界心鸣，界心鸣看着这张熟悉的面容，吐出了一句话："好久不见啊，传明哥。"

王传明也同界心鸣记忆中不同了，原来那个高大威猛的汉子，也变成了一个有些发福的普通中年人。他见到界心鸣身后的周忍冬，脸色微变，别过脸去，好像有些尴尬。反而是周忍冬大大方方地跟王传明打了一声招呼。

王传明身后还有一人，是路骏。路骏看到界心鸣后眼神有些闪躲，界心鸣也没有主动打招呼。

路骏是林盼盼的恋人，但林盼盼死后，路骏的表现最让界心鸣失望。界心鸣原以为这次聚会可能是路骏为破解林盼盼死亡之谜而举办的，但看他的样子，界心鸣觉得自己想错了。四人碰了面，尴尬地打完招呼，陷入沉默中，呆呆地站在楼梯上。

最后还是周忍冬开口打破沉默："你们刚才在楼上干什么？"

王传明保持着沉默，还是路骏回答道："我们在看老教室。"

说起老教室，周忍冬和界心鸣也心生兴趣，想回味下青春时光，四人便往老教室走去。校舍这么好的房子就此荒废，真的太可惜。当年村里修校舍用的都是好材料，废弃了这么久，还像模像样的。墙面虽然有些泛黄，但墙皮几乎完整。他们待过的教室甚至与他们记忆中没有多大区别，只是朝北的窗户破了一大块，一根槐树的枝丫鬼使神差地伸进了教室里，半死不活地耷拉着。

界心鸣扫了一眼，立马找到了当初他用过的桌椅，书桌上刻了十八九个歪歪扭扭的“早”字，其中一个还是界心鸣刻上去的。看来这是所有小孩的坏习惯。

现在露面的，包括界心鸣在内已有四人，当初与他同届的共有七人。七个人，一个年级一个班。这对大城市的人来说可能有点难以想象，但白水村的人口不多，在未开采煤矿前只不过是个贫瘠的村庄，就算有新生人口，也多被带到外面。等煤矿发展起来，人口拥入，孩子的数量才多了起来。界心鸣记得他们下一届就有十六个人了。

只不过他们七个人再也无法聚首，因为林盼盼已经死了。

没过多久，外面响起了汽车喇叭声，除了界心鸣还有别人开车前来。众人走出教室，来到大马路上，看到了另一个久违的朋友——葛宏发。

路骏看他车内只有一人，便问道：“你堂弟浩成呢，他没来吗？”

葛宏发摇了摇头，语气冷淡地说：“我不知道他。”

“你没和他一起过来吗？”界心鸣疑惑。以前，葛宏发、葛浩成这对堂兄弟亲近得就和孪生兄弟一样，整天待在一起。十多年过去了，他们也分道扬镳了吗？

葛宏发还是那么冷淡：“他都没有和我说过他要来。”

“那你知道他的电话吗？”界心鸣道，“想办法给他打个电话吧。”

葛宏发拿出手机看了一眼：“这里没有信号，打不出去。”

王传明叹了口气：“那就麻烦了。”

他们正想着，葛浩成就出现了。他从矿山上跑下来，穿着常见的深褐色工装，脚踏一双脏乎乎的胶鞋，脸上堆满了笑意，热情地和他们打招呼。

“你们都围在一起干什么？走吧。”葛浩成道。

人齐了。

六人当中，只有周忍冬是女性。路骏年纪最长，三十四岁，界心鸣最小，三十一岁。

面对葛浩成热情的招呼，众人神情顿时有些微妙。最后，还是王传明开口问道：“去什么地方？”

“去矿上啊。”葛浩成回答道，“上面有准备好的食物。”

“对了，你怎么来的？”界心鸣问道，“我们怎么都没碰见你？”

“骑着我的破摩托一路颠过来的。车就停在自家院子里。”葛浩成瞥了葛宏发，“我和某些暴发户不一样，买不起车。”

葛宏发没有理会葛浩成的挑衅，自顾自地抽起香烟来。众人交换了下眼神，跟在葛浩成身后，往矿上走去。

界心鸣没想到聚会的召集者居然会是葛浩成。虽然当年他们几个人关系都不错，但隐隐中也有亲疏，葛浩成算不上界心鸣和林盼盼的密友。界心鸣将疑惑暂藏心底，埋头前进。

山路有些陡，十多年前修整好的路面已经破败，坑坑洼洼的，裂缝中生满杂草。本来为了运矿，从矿上到村子间还有一段小型铁轨，他们以前也借着铁轨上的货车上下工。现在铁轨已经被扒走，甚至连烂枕木都被村里人搬走当柴火烧了，只剩下当时铺着的路基。

走了大概二十多分钟，六人才走到矿上。白水村的煤矿属于中小型煤矿，开采条件差，储层薄，不能使用先进的综采设施，只能在山上开了无数的洞，仿佛有一只恶兽在山上啃了数年，把青山糟蹋成了这副模样。这些矿洞不会轻易消失，经年累月后，边缘处生出杂草，用绿意掩饰了大山的“伤口”，这让矿洞附近的花草看起来就像是大山伤口化脓淌出脓水，有一种别样的观感。

这不是什么好事，被花草掩盖的矿洞更显危险，曾经发生过好几起村民失足跌落矿洞的意外。一想到这儿，界心鸣的心又变得不平静起来。

当初匆匆了断的案件其实不只有山鬼作祟一说。年轻一辈大多不信鬼神，有人便猜测林盼盼是意外跌落矿洞才导致身亡的。界心鸣也曾拿这个理由说服自己，但始终无法回答一个疑问：林盼盼为何要在半夜只身一人前往矿区？

“吃的喝的，就在前面工棚里。”葛浩成的声音打断了界心鸣的思绪。

界心鸣收心，朝葛浩成指的方向看去。说是工棚，其实是一排水泥房，包括休息室、更衣室、医疗室、仓库、配电室、厕所等。其中仓库面积最大，葛浩成说的食物和饮料就在仓库内。

五人跟紧葛浩成的步伐走进工棚仓库，里面已经被清理干净，地面上甚至铺了一块浅绿色的塑料布。靠门的地方有一个烤架、一箱啤酒和两桶纯净水，还有四个泡沫箱，掀开盖子，可以看到各种食材和调料。看来葛浩成准备让他们在这里烧烤。

天花板上面没有清理干净，还挂着些蜘蛛网，当年的警示标语、规章还贴在上面，只是纸张已经发黄发脆，不少字也不见了踪影。

1. 认真进行安全交接班制度，开好■■安全会，明确任务。

2. 入坑做到四■、■禁止。

3. 进入工作面，拉亮照明■■查安全和通风，做到三检查、三清楚。

4. 启动电气设备：必须检查设备是否完好，■■区域是否存在人员。

当年，他们都背过这些条例，不过是拿来应付上面检查的，白水煤矿的矿区本来也不规范。比如，一般工业上生活用电与生产用电是分开的，但像白水村这种小煤矿，一切都没有那么讲究。矿区用电只有一路进电，工棚设了一个总配电箱，然后各处设了分配电箱，电气设备就近接入分配电箱，矿区的用电全是这样混用的。

“这个是什么？”界心鸣指着墙上诡异的涂鸦，问道。

墙上画着一个奇怪的鬼头，半浮在空中，露出狰狞的表情，尖牙宛如匕首一般，令人胆寒。

王传明说道：“好像是……山鬼？”

界心鸣皱起眉头：“什么人画的，有病吗？好端端画个山鬼头在这里。”

“不知道。”路骏说道，“搞不懂现在年轻人的想法，把这些神神鬼鬼当作潮流。”

界心鸣不喜欢这个涂鸦，它让他想起了林盼盼的死。

这个时候，葛浩成弯腰从箱子里拿出几瓶啤酒，依次咬掉瓶盖，递给王传明，王传明又把啤酒转交给了其他人：“别愣着，开始烧烤吧。”

其他人像是达成了某种默契一般，不再理会山鬼涂鸦，转身开始处理食材。这里的食物大部分都是半成品，只需要用矿泉水洗净，切好，穿在扦子上即可。

在这个过程中，界心鸣感觉到了彼此之间的隔阂，比如王传明在尽可能躲避周忍冬，路骏在躲避自己，葛浩成和葛宏发互不搭理。在闲聊中，大家也都透露出了自己的现状。

首先是他自己。他离开矿上继续去读了几年书，现在在迁江县一家外贸公司做会计，至今未婚。

煤矿倒闭后，王传明则去镇子上找了一份货车司机的活儿。他不跑长途，只是在镇子间拉货，生活还算稳定。他结过婚，妻子因病去世，没有孩子。

周忍冬在另一个镇子结了婚，和老公开了一家小超市。

葛浩成是一个小包工头，承接一些小项目，赚些辛苦钱，还没有成家。

葛宏发结束矿工生涯后向亲朋好友借了钱，做起木材生意，十来年，他的生意一直不错。不像界心鸣，他那辆车就不是租的，而是买的。他已经成了家，但也没有孩子。看起来，葛宏发是他们当中混得最好的一个。说不定正是因为葛宏发混得最好，却没有提携葛浩成，所以葛浩成才对葛宏发有意见。

路骏在水电公司工作，据他所说，只是一个不起眼的小职员。

火点起来了，葛浩成拿起烤串，刷上油和调料，放到了烤架上。“好了，为了我们的重逢先干一杯吧。”趁着烤串还没熟，葛浩成举起了啤酒。周忍冬和界心鸣拿了一次性纸杯，其余人都是直接对瓶吹。

可能是因为在山里放了一段时间，啤酒的温度很低，一股寒意从口腔顺着喉咙灌入腹部，界心鸣缓缓打出一个酒嗝。

啤酒虽然没什么酒味，但是苦涩、冰冷，他在外面跑了这么多年，因为应酬喝了那么多酒，至今还没习惯这股子味道。但这酒又不得不喝，仿佛喝了酒，他们几人就能穿越时间，变回原来的状态。这是一种大脑被麻痹的幻觉，一旦清醒过来，只会更加无奈。

酒过三巡，他们吃了不少烤串，彼此也都放开了点。“你现在还不吃香菇吗？”王传明问葛宏发。他发现葛宏发拿的烤串都是没有香菇的。

葛宏发灌了一口啤酒：“对，我一直没改这个习惯，就是觉得香菇有怪味，闻到都觉得恶心。”由于这个偏食的坏习惯，葛宏发小时候可没少挨父母的揍。葛浩成那时处处学葛宏发，甚至连偏食这个习惯都学。现在界心鸣注意到，葛浩成一边帮忙烤肉，一边也吃得不亦乐乎，他吃的一些烤串里就有香菇。

“我们还是闲话少说，直入正题吧。”界心鸣开口问道，他顿了下，吞下一口唾沫，“今天我们再相聚有一个共同的目的，就是为了找出我姐姐死亡的真相。浩成哥，你有什么新发现？快点告诉我们吧。”

“什么？”葛浩成惊得打翻了自己手边的啤酒，一脸惊讶地望向界心鸣，“你是不是喝多了？你在说什么啊？”他的表情不似作伪。

“就是我姐姐林盼盼的死。”界心鸣解释道，他注意到每个人的面色都有变化，便问葛浩成，“你召集我们来，难道不是因为这件事吗？”

葛浩成急忙反驳：“不是，不是我召集你们的啊。”

“这些吃的不是你准备的吗？”界心鸣追问。

“不是我准备的啊。”葛浩成解释道，“是我收到的信上说这里放了食物和酒，让我帮忙处理下。我是骑摩托车来的，哪里带得了这么多东西。而且……”

“而且什么？”界心鸣问道，他觉得他们仿佛陷到一个巨大的陷阱里了。

“而且明明是你召集我们的。”葛浩成说道，“我收到的信，落款是你，字迹也是你的字迹。你说我们这么多年没见了，趁着蓄水这个时机好好聚一下。”

“我没有给你们写信，我收到的信是匿名的。”界心鸣注意到所有人的目光都转到他身上，他赶紧从怀里掏出那封信，还没来得及给其他人传阅，“扑通”一声，周忍冬毫无预兆地摔倒在地上，没了动静。

“忍冬姐，你没事吧？”界心鸣问。

周忍冬挣扎了一下，似乎想爬起来，但失败了，趴在地上晕了过去。界心鸣大愕，想去扶周忍冬，可刚一低头，就感到天旋地转。他踉跄了几步，也摔倒在地。一片眩晕中，界心鸣扫见其余几人也都有了反应。

“我们被下药了。”界心鸣意识到这一点。

他们中计了！

此时，幕后黑手收网，将他们一网打尽了。

界心鸣眼前一黑，接着浑身发软，勉强支撑的两臂被抽空了力气。他再也控制不住身体，倒了下去。身旁的葛浩成也已经毒发倒地，一动不动。界心鸣强撑着身子，想往葛浩成那边爬去，确认他是否真的晕了。仅差半步，界心鸣输给了毒素，彻底坠入无边的黑暗之中。耳畔最后听到的，是路骏和葛宏发惊慌的叫喊。

第二章

山鬼来信

药物导致的昏睡就像沼泽一样硬生生拖住了界心鸣的意识，这一觉，他一丝梦都没有。不知过了多久，他才从昏睡中醒来。

界心鸣睁开眼睛，觉得眼前的一切都是模糊的。他用力甩了甩头，试图尽快让自己清醒起来，但眩晕感就像一条八爪鱼一样牢牢箍着脑袋。他能感觉到周围还有其他人，他们也在逐一醒来，先是路骏，然后是葛浩成、葛宏发，后来是王传明，最后是周忍冬。

界心鸣眯着眼观察了下四周。他们还是在仓库里，只是食物和水已经被撤走。他们六个人被安置在六块颜色各不相同的塑料毯子上——红、橙、黄、绿、青、黑六种颜色，分别对应着他们六个人。

“这是什么？”路骏指着墙上惊道。

“那边不就是刚才的涂鸦吗？”周忍冬道。

界心鸣顺着路骏的手指看去，那个山鬼涂鸦已经被人补上了下半部分，变成了一幅完整的山鬼图。山鬼比起之前更加可怖，可怕的鬼身下，肆意丢弃着人类的残肢断臂，左脚下紧紧踩着一个，双手各抓着一个，右手那个已经没了脑袋，看起来是被山鬼一口咬掉了。

界心鸣强压下心中的恐惧，骂了一句：“装神弄鬼！”

王传明也安慰大家道：“大家不要害怕，不要中了幕后黑手的诡计。”

界心鸣收回目光，扶着墙慢慢走到室外。他不知道自己昏迷了多久，只感到难以忍耐的饥渴，想要找点食物和水。一出去，他就发现外面放着六瓶矿泉水和六包压缩饼干，这是幕后黑手刻意为他们准备的。

界心鸣望了一眼太阳，满面愁容地回到室内：“我有一个好消息和一个坏消息，你们想先听哪一个？”

王传明皱眉道：“我觉得我们没在睡梦中被人一刀宰了，已经算是天大的好消息了。你先说说坏消息吧。”

“我们进山都是上午吧，如果我们才昏迷了几个小时，那现在应该是下午，太阳在西边。”界心鸣叹了一口气，不安地说道，“但现在太阳在东边，时间应该是上午，也就是说我们昏睡了整整一夜。”

“究竟怎么回事，是谁要害我们啊？”周忍冬开始低声抽泣。

没有人回答周忍冬的问题。葛宏发抬头，一边揉着太阳穴一边盯着界心鸣：“那好消息呢？”

“我发现了水和饼干，可能是骗我们来这里的幕后黑手留给我们的。你们也可以再检查下。”界心鸣说道，“包装、封口都是完好的，我觉得下药的可能性很低。”

路骏拿起一块压缩饼干看了半天，狐疑地问：“你真的确定没有问题？”

界心鸣对路骏没有丝毫好脸色：“不能确定，我只能说可能性很低。”

“你们都在想什么？”葛浩成伸手拿了水和饼干，“如果对方真想弄死我们早就弄死了。我快饿死了，顶不住了，我就算死也要做个饱死鬼。”

葛浩成率先拆开包装吃喝了起来，但他只吃了半块压缩饼干，把剩下半块塞回包装袋里。“我劝你们也别吃完，万一没有别的食物，我们能依靠的就只有这压缩饼干了。”葛浩成补充道。

十多分钟后，葛浩成没有出现异状。剩下的人才爹着胆子进食。六人稍作休整，恢复了一些体力。

葛宏发起身：“无论你们要做些什么，我都不奉陪了。我要离开这里回家。”他大步流星向外走去，没等其他人阻止，他就转过身来，憋红了脸，体内像有无限怒火，吼道，“你们谁把我的车钥匙藏起来了！”

“谁没事藏你的车钥匙啊？”葛浩成一摸自己口袋，惊慌道，“我的钥匙也不见了。”

不光车钥匙，他们的手表、首饰都不见了。难道幕后黑手费尽心机把他们聚到这里，就为图财？可他们里面只有葛宏发过得还算富裕，其他人也就将将维持生计，哪儿有财可图？

荒唐的处境让界心鸣理不清思路，只得叹了口气：“不然我们还是继续昏迷前的话题？也许我们能理清楚幕后黑手的目的，毕竟，只有知道他想干什么，我们才能找到应对办法。浩成哥，你接着我们昏迷前的话头继续说吧。”

“那我就继续了？”葛浩成见无人反对，清了下喉咙说道，“我收到了一封信，说趁白水村沉没之前，大家再聚一次。我没有你的电话无法求证，但白水村离我也就几个小时的路程，我也有些想见大家。如果不抓住这次机会，我们可能不会再碰面了，所以我就来了。至于那些吃喝的东西，也是信里提到的，说放在仓库里，让我帮忙招待下其他人。”

说完，他拿出了信。信的内容和葛浩成说的一样，落款确实是界心鸣，而且字迹也确实是界心鸣的笔迹。

“我绝对没有写过这样的信，应该是别人伪造的。”界心鸣继续说道，“我来这里的原因，之前也说过，就是为了林盼盼的死，不过我收到的是匿名信，而且信里的字都是剪贴的。”

路骏也从怀里掏出了一封信：“我的情况和界心鸣类似，我也收到了匿名信。我也是为了林盼盼死亡的真相而来。”带着信的只有三人。葛宏发、王传明、周忍冬都没有带信，他们都说自己是为了聚会而来。

界心鸣是和他们一起长大的，他的字对其他人而言并不陌生，他们都能模仿。不过，写信者通过一封信就能将他们都骗回白水村，无疑极其了解他们，知道怎么说才能让他们回来，所以幕后黑手极有可能就在他们当中。

“我们回来的理由不同啊。”葛宏发说道，“我们再想想谁是我们共同的敌人，谁会想把我们困死在白水村。”

葛宏发话音刚落，其他人就有了新的发现。

“我知道幕后黑手的目的了。”路骏找到了幕后黑手的留言。

仓库边墙处有一个黑色纸箱，上面放着一份信。信写得歪歪扭扭的，根本看不出来笔迹，可能是幕后黑手故意用左手写的。

王传明说道：“路骏，你直接念给我们听吧。”

路骏清了清喉咙：

朋友们、白水村长大的孩子们，欢迎回家。

烧烤还满意吗？有没有好好叙旧，追忆年少时光？至于为什么将你们喊回白水村，原因很简单。

你们还记得林盼盼吗？

十三年前，矿上发生了一场悲剧，她的时间永远停止了。你们当中有些是她的朋友，有些是她的亲人，有些是她的爱人……可她死得不明不白。

山鬼？这么可笑的理由，你们真的相信吗？

老一辈人将她的惨死推到山鬼的身上，你们居然也接受了？

你们只顾撇清自己，却从未考虑过她的冤屈。

这十三年来，她有没有入梦和你们聊聊自己的痛苦？

看你们生活得那么好，是不是已经把她忘得一干二净了？

如果我说，林盼盼的死亡不是意外，是你们当中某个人的责任。

当年害死林盼盼的那只山鬼，就在你们中间。

这样一来，你们还能坐视不理吗？

相信说到这里，你们也明白了，聚会不是目的，找出山鬼才是你们逃离这里的唯一方法。

你们的交通工具都已经被我藏了起来，水坝将在六月一日下午四点开始蓄水，到那个时候，白水村就会被完全淹没。没有交通工具，你们谁也逃不掉，都会变成鱼饵。

只有在3天内找出真正的凶手，我才会把藏交通工具和车钥匙的地方告诉你们。

再提醒你们一下，不要赶最后时限，因为你们必须预留逃离蓄水区的时间。我在箱内放了一块手表，你们可以好好看看时间。

另外，为了避免你们狗咬狗，我也准备了指认规则，你们都给我按照指认规则来查出凶手。如果不按照我的规则，就算你们查出了凶手，我也不会给你们奖励。

“好了，信的部分结束了，下面全是规则。要我继续读下去吗？”路骏问道。

“这人疯了吧！我们为什么要听他的？”周忍冬惊呼。

王传明回答道：“你继续读下去吧。”

每个人身下的毯子颜色都不一样，在指认时，对应的颜色代表相应的人。

黑色箱子里有六个小布袋，布袋中有六张不同颜色的卡牌，背面是一样的，用来投票。

每次由红色开始，按照顺时针方向，轮流发言。玩家之间不得对话，一名玩家发言时，其余玩家不得发言。玩家发言阶段，可以提出对他人的指控或反驳他人对自己的指控。

最后是共同讨论阶段，反驳轮流发言过程中其他人对你的指控。

讨论结束，开始投票。每个人轮流将对应的颜色牌投入箱中，所有人投票完毕，最后统计投票结果，如果其中一人获得五票，则视作全员认定其为凶手，让其喝下同样在黑箱内的黑色药水，指认结束。

如果票数没有达到五票，则每个人将所有牌正面朝下丢入黑箱，重新分配卡牌，每人依旧是六张不同颜色的卡牌。此举是为了保护投票的匿名性，防止各位报复性投票。

重新分配卡牌后，再重复之前发言、讨论、投票的过程，直到投出凶手。

界心鸣听完，思考了片刻："这个听起来倒是不复杂。"

路骏把手伸进黑色纸箱里，掏出了六个袋子。每个袋子里面都是背面一样的卡牌，正面分别是红、橙、黄、绿、青、黑六种颜色，还有一块手表，显示当前时间为上午十点二十分，箱子最里面是一瓶十毫升左右的黑色药水。

"光看包装，这好像是个咳嗽药水瓶子。"葛宏发抢过黑色药水，药水瓶上贴着一个瘆人的山鬼图案，他打开盖子一嗅里面的味道，“不行，这东西绝对不能喝。”

王传明问道：“这是什么东西，毒鼠药吗？”

葛宏发摇了摇头，露出一个苦笑：“这东西比毒鼠药还毒，应该是农药百草枯。”

农村里，有不少人用百草枯自杀，死时都很凄惨。如果是别的剧毒物，及时洗胃，灌入解毒剂还可能有救。但百草枯几乎是无解之毒，小剂量就能致死，类似于催化剂，会导致肺不可逆转地充血、出血、水肿、纤维化。百草枯进入人体后无法排出，极小剂量也能源源不断地引发反应，使得中毒者无法呼吸，活活憋死。

这十毫升喝下去，就算很快吐出来，也会导致死亡吧？

葛浩成走过去一脚踹翻黑箱子：“用这么儿戏的玩意儿就想让我们杀人吗？我可不是被吓大的。”

王传明在仓库里转了一圈：“没有摄像机什么的，这个山鬼怎么确定我们没有作弊呢？”

“除非山鬼就在我们当中。”

葛宏发话一出口，众人顿时安静下来。

周忍冬停下了哭泣：“我们别听他的话，我看他就是想要我们自相残杀。我们不能正中他下怀。”

这时候，谁遵从山鬼的规则，谁就显得可疑。

“可我们怎么离开白水村，难道真的淹死在这儿？”葛宏发没有了手机和车钥匙，底气也全都消失了。

葛浩成提议道：“只要有车就好办，我们可以直接砸碎车窗玻璃。电影里不都是这样演的吗？只要将两条电线接到一起，就能发动汽车了，没有钥匙也没关系。传明，你是司机，在路上跑了这么多年，对车的了解应该比较深吧，你能不能用这样的办法发动汽车？”

常在路上的货车司机，算得上是半个修车师傅。王传明摇了摇头，如实回答：“不知道，我从来没有试过，不过可以试试。”

葛宏发作为车主，立即说道：“那我们赶快去试试吧。”

临走前，葛浩成还带上了黑箱子。界心鸣看到后问他：“你带它干什么？”

葛浩成解释道：“万一失败，我们就不用再回来了，反正信里没有提到一定要在仓库指认凶手，有这个箱子就行。”

葛浩成的说法没有什么问题，其他人没有异议，让他抱走了箱子。六人急忙跑回荒凉的白水村，村内依旧萧瑟，和他们进矿区前并无不同。这些断壁残垣、破旧房子之间不像是藏着人，更别说摩托和汽车了。

界心鸣提醒其他人：“村子不大，万一遇到什么事情放开喉咙大声呼救，其余人听到后都立刻赶过来。”

众人分头行动，确认自己的交通工具。时间一分一秒地过去，找寻却毫无头绪。两辆汽车、四辆摩托车全都不翼而飞，没有任何踪影，幕后黑手竟然在一夜之间转移走了全部的交通工具！

王传明一拍脑袋，带着怒气说道：“山鬼在信上写的是交通工具和车钥匙的位置吧，所以说他把我们的车也都藏起来了。”

路骏将信交给其他人确认了一下，山鬼写的确实是交通工具和钥匙的位置。

葛宏发仿佛看到了希望：“光一夜，他不可能变走这么多车，也不可能把车子放得太远，如果车子都在十多公里之外，那我们根本来不及拿到车离开这里，所以他一定把车藏在了村子里。”

界心鸣补充道：“或者是村子附近，车子不是桌椅板凳之类的小东西，如果要藏，一定会留下痕迹。”

“嗯。”周忍冬点了点头，“我们一定能逃出去。”

比起幕后黑手准备的“杀人游戏”，他们更乐意玩这个特殊的“捉迷藏”。而且他们都是本地人，虽然有十三年没有回来，但对故乡还留有一些印象。至少现在，他们对找到车子更有信心。

界心鸣又提议道："鉴于我们当中可能有幕后黑手，我觉得两人一组会比较好，一旦有所发现，立即通知其他人。"

两人一组相互监督，此举可以避免山鬼故意掩盖线索。

"那么浩成哥和我一组，传明哥和宏发哥一组，剩下的人一组。"界心鸣分组时特意分开了几对冤家，三组分成三个方向前去搜索。

葛浩成急匆匆地走在前面，看到房子就闯进去看看，四处翻找。

界心鸣多年后再一次踏上白水村的土路，心里又有了不一样的情绪。他甚至能回忆起来这些房子原先的主人是谁。

这栋是陈叔的。他们家院子里种了无花果，每年树上都会结很多果子，陈叔会把无花果分给街坊邻居。

这栋是刘姨的。她家喜欢做咸肉炖笋，一炖就是好久，到最后肉香四溢，勾得家家户户在下一餐都炖上咸肉。

那边拐角是葛老头的小卖部，所有小孩子都喜欢在那儿附近转悠，因为货架上有小玩具，还有一分钱好几颗的水果糖。有时候，葛老头会让小孩子帮忙做点事情，给的报酬就是几颗糖果……

恍如隔世啊。过去的一切都只能在记忆中回味了。

界心鸣停下了脚步，前面就是他和林盼盼各自的家了。

白水村很贫瘠，地处山间，缺少耕地。最早过来建村的是无家可归的可怜人，所以村内姓氏多样，不像有些村子只有一两个大姓，全村人都沾亲带故。

林盼盼和界心鸣虽不同姓，却真的是姐弟。林盼盼的妈妈是界心鸣的大姨，所以林盼盼是界心鸣的表姐，虽然不是亲的，但自小一起长大，和亲的也差不多了。

界心鸣抢先踏进林盼盼家，门锁已经腐朽，他一脚就踹开了大门。

林盼盼死后，她父母因为伤心过度，相继离世。按照农村的说法，这家已经绝户，整栋房子也就废弃了。

他多么想在这里捡到一件林盼盼的遗物，让他心底的哀思能有所寄托。可眼前所见，只有布满尘网的半腐家具和满是污垢裂缝的墙……

葛浩成见界心鸣一动不动，便开口提醒他："你在发什么呆？我们时间有限，快去下一个地方吧。"

白水村大部分房子都很久没人住了，里面积满灰尘，如果有人进入，一定会留下痕迹，没有痕迹的地方，其实没有继续搜查的必要。

界心鸣被葛浩成喊醒，离开林盼盼家，可心中的不舍之意使得他不断回望那栋破败的老房子。

“想你姐姐了？”葛浩成问。

没等界心鸣回答，他便自说自话：“这一家确实可怜，要是我的亲人遭遇了这种事，就算十多年过去，也还是意难平啊。”

前面几百米就是葛浩成和葛宏发的家。按照本地习俗，父辈需要为儿子建新居，用作婚房。条件好的人家会给每个儿子各建一栋，条件差点的就只能建一栋，用隔墙隔好，分给两个儿子住。葛浩成和葛宏发一起长大，虽然长辈之间关系不睦，但没有影响到两个小孩的关系。或者反过来说，正因为家长有禁令，不许两人一起玩，当初两人的关系才能那么要好。

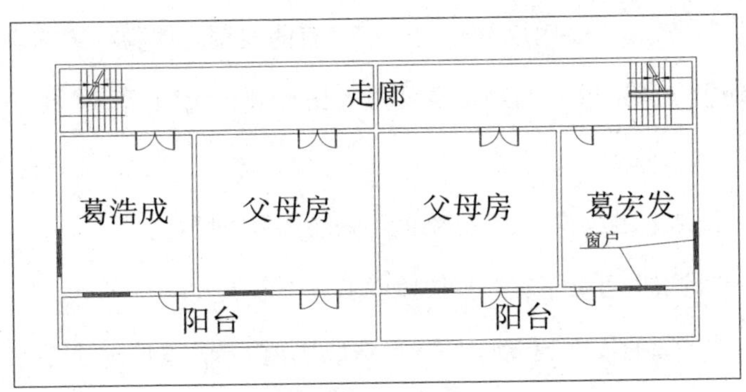

葛家二层示意图

“我能问个问题吗？”界心鸣看着葛浩成，说道。

“你问吧。”葛浩成说道。

“你和宏发哥是怎么回事？”界心鸣诚恳地问道。

对于此事，他很好奇，包括王传明和周忍冬的事，有机会的话，他也想搞明白。

葛浩成唾了一口，恹恹道：“成年人的事还能是怎么回事，不外乎钱。你为他掏心掏肺，他却只能共苦，不能同甘。唉，算了，不多说了。”

一提到葛宏发，葛浩成的脸色就沉了下去，变得和冬日的寒夜一般，阴沉得化不开。

“还是认真一点找线索吧。”葛浩成看着界心鸣叹了口气，“如果找不到线索，你可能就危险了。”

“我？”界心鸣脑袋嗡的一声，有些发蒙。他隐隐约约也察觉到了一丝危险，此刻被葛浩成一语点破，大脑反而变得一片空白。

葛浩成继续说道：“你难道不知道你很可疑吗？”

“我哪里可疑了？”界心鸣问道。

“你真的没有自觉吗？”葛浩成说道，“山鬼搞这么多事不就是为了林盼盼？和林盼盼关系最好的又是谁？准备一下吧，如果真有人要找你麻烦，你也要想好说辞，想想怎么洗清自己的嫌疑。”

“身正不怕影子斜。”界心鸣说道，“我绝对不会做这种事情。我也相信其他人不会失去基础的判断力。”

“希望如此吧，人在绝望中做出什么都不奇怪，你可要小心一点。”葛浩成说道。

界心鸣小跑几步，紧紧跟在葛浩成身后：“你看起来就很正常，还会好心提醒我。”

“那是因为我还没有绝望。”葛浩成苦笑一声，随后便闭上嘴，不再说话，直到搜索结束。

他们这一组没有任何发现。其他组呢?

界心鸣看着其他人的脸色，就明白了——他们也没有收获。

六个人又聚到了一起。

周忍冬打破了死一般的沉默：“现在已经下午一点了，我们浪费了几个小时。现在找不到交通工具，我们该怎么办？”

葛宏发皱着眉头，似乎在做一个重要的决定：“我有一个想法，说不定能打破我们现在的困境。”

路骏对葛宏发说道：“先说来听听。”

“我们来揪出幕后黑手。”葛宏发说道。

第三章

限时推凶

众人面面相觑，一股难言的沉默四散开来。

葛宏发见其他人没有反应，继续解释道："我们之前不是觉得幕后黑手就在我们当中吗？我们只要把他揪出来，严刑拷问，我不相信撬不开他的嘴。而且比起十三年的无头悬案，刚刚发生的事情更容易解决吧。你们觉得怎么样？"

王传明点了点头，道："你说得有道理，我同意。"

路骏有些担忧地说道："只是我们没有多少线索。"

葛宏发摇了摇头："我们还是有线索的，只是必须静下心来回想和这次聚会相关的所有事。首先我们都收到信了，信上一般不都会有寄信人和寄信地址吗？"

"一看就是假的。毕竟邮局不可能一一核实。"王传明说道，"幕后黑手只需邮票一贴，丢进邮筒。还有两个人收到的是匿名信，根本没有写寄信人的姓名和地址。"

理论上，他们每个人都有可能寄出这些信。

“为什么只有葛浩成收到的信内容不一样呢？”路骏提出这点。

“为什么信的落款是小界呢？”葛宏发说道。

葛浩成急忙说道：“也许幕后黑手就想嫁祸给我们两个。”

葛宏发说道：“总之，你们两人的嫌疑比旁人要大一些。还有幕后黑手能藏起我们的交通工具，这说明他会开车。昨天开车过来的只有我和小界。”

驾驶汽车也算是一门手艺，他们中会开车的人其实不多。

王传明说道：“我是因为自己没车，所以骑摩托过来的。”

界心鸣的嫌疑越来越大了。

“会开车这点有些站不住脚。”葛浩成说道，“我没有车，也没有驾驶证，不过我在工地待了这么久，也会两下子，有时候司机没空，我也顶上去拉货。开车其实很容易，只是考驾照有些难。开车上路就是一个人套了一件大棉袄，看准方向，反应快些就行了，和骑自行车也没什么区别。”

界心鸣向葛浩成投去一个感激的眼神。

“那还有一点，理论上来说，谁和林盼盼关系密切，越有可能在十三年后策划这一切。”葛宏发说道。毕竟人做任何事都是需要动机的，尤其是这样吃力不讨好的事情，可见执念之深。

葛宏发看着界心鸣，继续说道：“林盼盼的事已经过去这么久了，我们都已经放下，可能只有你还记在心上。”

周忍冬突然开口说道：“这可不一定，路骏也是被林盼盼死亡的真相引过来的。而我觉得王传明和我也会想要找出真相，让林盼盼能够瞑目，哪怕已经过了十三年。”

听周忍冬这样说，王传明的眼神有些闪躲。界心鸣没能注意到这一点。他正在内心深处感激周忍冬的仗义执言。

见此，葛宏发放缓了对界心鸣的攻势：“现在这个阶段人人都是嫌疑人，我也是为了找出幕后黑手，不是针对你。小界，你要是有什么证据也可以放到明面上告诉我们。”

界心鸣在心底苦笑一声：“我能有什么证据？不过，我久未联系你们，根本不知道你们现在住在什么地方。你们出去可以找人打听下，问问看我是否通过熟人问过你们的近况。而且我一直都在迁江县工作，除了前几天请假来白水村外，一直都在工作，你们去我公司了解下也能知道我绝没有时间偷偷回来，调查出你们的地址、联系方式之类的。”

王传明叹气道：“要是不能现在就证明，你的证据也没有什么用处。”

这不是王传明故意为难界心鸣，而是界心鸣的证据确实站不住脚。

界心鸣想了一下，又说道：“从现在的情况来看，这个幕后之人小心谨慎，几乎没有出纰漏。如果我是他，没必要在自己身上留破绽。比如特意署名，比如特意给自己留一封不一样的信。”

葛浩成在一边连连点头，很认可界心鸣，因为界心鸣的说法也减轻了他的嫌疑。

“我觉得可能是幕后黑手故意引导我们怀疑小界。”葛宏发话锋一转，“不过也可能那个人就是觉得这件事由小界提出更合理。”

“不应该。”路骏摇了摇头，“如果这样的话，为什么不干脆给除他之外的人都这样署名呢？”

王传明则说道：“要是按这个逻辑，那反过来说也一样，幕后之人先暴露一点小破绽，被我们抓到后，又以故意栽赃陷害的说法，洗去自己的嫌疑。”

“好了，大家冷静一下。”界心鸣打断他们的争论，“我有一个新想法，光谈动机太虚，从信件上得到的线索又太少，我们可以从下药着手。”

他们六人一起昏迷是因为药物，理论上，六人同吃同喝，但只有幕后黑手是假昏迷。弄清楚谁有可能下药，谁能让自己不吃迷药，就能找出那个人。

只是之前的食物和饮料已经被处理了，不然他们就能检验下哪些东西被下了药。当然不是靠仪器，而是靠人体实验。反正迷药对身体的损害有限，每个人都稍微尝一点，看看是否会发生反应。

虽然有些人怀疑界心鸣，但现在他们只有六个人，只要是有用的建议或思路都会被采纳。

“下药的方式也有几种。”葛浩成说道，“我们可以确定是饮食上出了问题吗？”

“对，肯定是饮食上。我们没被针扎，也没吸入可疑的烟雾，只可能饮食上有问题。”界心鸣分析道。

周忍冬问道：“会不会是有什么解药？幕后黑手先吃下解药，然后和我们一起吃下有问题的烧烤。”

葛宏发摇了摇头，说道：“又不是武侠小说，应该不会有什么解药。”

“那吃完后吐出来呢？”周忍冬又问道。

“我记得我和宏发哥都去解过手。”界心鸣说道，“解完手后，我们也继续吃东西了。”

葛浩成看着葛宏发提出一个问题：“我记得是小界先出去的，他回来后和我们一起吃喝，没有异样。你在小界回来后才出去，这期间隔了十多分钟吧。”

“没错。”葛宏发不以为意，“这又有什么关系？”

葛浩成追问道：“你回来后好像没有再喝酒，只是吃了点烧烤。”

葛宏发被葛浩成针对，有些生气，黑着脸说道："昨天我没有吃早饭，空腹跑了这么远，一上来就喝啤酒吃烧烤，我的肠胃有些受不了。"

"你不是大老板吗，应酬那么多，酒量好得不行。再说啤酒就和水差不多，你怎么会喝不下？"葛浩成根本不相信葛宏发说的话。

"不管你信不信，我的情况就是这样。"葛宏发说道，"我现在又不能找家医院开证明。"

"好了，好了。"王传明出来打圆场，"宏发后面还是喝了啤酒的，我记得我敬了他一杯。"

路骏也证明："我也有印象，他确实喝了。"

"路骏，你是不是我们当中吃得最少的？"葛浩成又问道。

"昨天我的食欲不太好。"路骏解释道。

周忍冬皱着眉头："吃得少不算什么问题吧，你这样有些太钻牛角尖了。吃得少就能赶在其他人之前醒来做好布置？这根本不可能。体质不同，药效也会不同。有人吃一片安眠药能昏睡一夜，有人吃两片才能起效。"

周忍冬叹气道："这个样子不行，太乱了。我们还是从头捋一遍吧。浩成，你先告诉我们那些食物最初是什么样子的。"

"我骑着摩托赶到白水村，将摩托停在老家院子后，就根据信上的指示去了矿上。”葛浩成想尽可能说得清楚一些，“我想先确认是否所有东西都准备好了，结果发现仓库已经被打扫干净，地上放着好几个箱子，箱子打开着，里面是各种食材。我什么也没动，就回到村子里，遇到了你们。”

界心鸣顺着葛浩成的话继续说下去：“我们跟着你去了矿区，吃了烧烤，喝了酒。在那之前，你有充足的时间在食材里下药。”

葛浩成反驳道：“但我们吃的都是一样的东西，我能把药下到哪儿去？最重要的是，这些食材都是幕后黑手准备的，他更有充足的时间下药。”

“你说得对，是我没想清楚。”界心鸣坦然认错。

葛浩成接着说道：“你们跟着我到了矿上，然后我们就开始烧烤了。”

“你先给了我们啤酒。”王传明说道。

“幕后黑手为了保护自己，肯定会有特殊的行为。”路骏分析道。

“我和小界是用杯子喝酒的。”周忍冬说道，“难道这有什么问题吗？”

葛宏发说道：“如果药被涂在瓶口[①]，直接通过嘴接触啤酒瓶

---

① 本文中出现的迷药为推理小说中常见的理想型迷药，只要摄入就能导致被害人昏迷。例如涂抹在筷子上，只要筷子没有被清理，使用过筷子的人就都会中毒。其化学性质稳定，无论火烤还是冰冻，都难以失效，且无色无味，不会被受害者察觉。

的人就会中招，用杯子喝酒就不会有事。”

界心鸣想了一下，反驳道：“涂在瓶口的话就有一些问题。就算直接对着瓶喝，每个人的喝法也有差异。”

葛浩成说道：“我是习惯含着瓶口喝，为了不浪费啤酒，嘴唇包着瓶口和瓶口往下的部分。”

路骏说道：“我应该是正对着瓶口的位置喝的。”

“就像接吻一样？”葛浩成有些好奇这种喝法。

“如果硬要形容的话，就是这样。”路骏说道，“还有人不会触碰啤酒瓶，有点像把酒直接倒进嘴里喝。”

王传明挠了挠脑袋，说道：“还有这样别扭的喝法吗？我从没有想过自己是怎么喝酒的，刚才比画了下，觉得自己的喝法应该介于你们两种之间。”

界心鸣说道：“这样一来的话，药涂得太靠近瓶口，就算把酒倒进杯子，也不能避免中招。药涂得太靠外面的话，就算对着啤酒瓶直接喝也不会有事。”

“进退不得啊，也就是说这个下药法不现实。”周忍冬说道。

“那根据每个人的忌口呢？”葛浩成说道。

“我们都没有什么忌口的，包括调料也都是均匀涂抹的，没有制作特殊的烤串吧。”王传明说道，“我记得六个人当中只有你，因为挑食不吃香菇。”王传明望向葛宏发。

“对，我没有碰过有香菇的烤串。”葛宏发大方地承认了。

界心鸣提出一个假设：“如果药在香菇上，完全不吃香菇的你就能避开迷药。”

“但香菇是要洗的，迷药不就被洗掉了吗？”葛宏发说道，“我记得负责洗菜的是我和路骏，香菇是我们一起洗的。我们没做其他事。”

当时分工是这样的：葛宏发、路骏负责洗菜；葛浩成、周忍冬负责烧烤；王传明、界心鸣负责切菜、穿扦子。

就算葛宏发在洗菜的时候做了手脚，他也无法控制后续的发展。如果都是他负责的，那他可以故意在安全的烤串上不加香菇，用作区分。

“我记得我还特意和王传明说过，让他穿一些没有香菇的串。因为我根本就闻不得香菇味。”

王传明点了点头，算是为葛宏发做证了。

“矿泉水只有两桶，所以我们没有洗所有食材，只是洗了洗蔬菜。”路骏说道，“封在塑料袋里，真空包装的肉和虾，我们就没有洗。我们用盆接了矿泉水仔细清洗了蔬菜，还换了好几盆水，幸好我们都喝啤酒，不然水根本就不够喝。”

他们也没有全喝啤酒，至少界心鸣和周忍冬是喝了一点矿泉水的。

洗完后，他们就把食材交给王传明和界心鸣。

“我们把食材混在一起，所以根本不知道哪些是路骏洗的、哪些是葛宏发洗的。”王传明说道，“我们穿烤串也只是根据食材来穿的——考虑荤素搭配，再把容易熟的和不易熟的分开穿在一起。”

虽然分了三组，但由于量不多，他们也都是聚在一起干活的，彼此都能看到对方在干什么。在众人的眼皮子底下，做小动作的可能性比较低。除非幕后黑手用极其巧妙的手法瞒过了其他人。

“我们穿好一批就交给烤的人。”界心鸣说道。

“烧烤的过程没什么好说的，就是正常的烧烤。”葛浩成说道，“我负责烤，周忍冬负责刷油放调料，这个过程没有问题。”

“第一批烤串很快烤好，都被你们吃了。我们忙着烤肉，反而没吃上。直到后来，你们又洗了一批，穿了一批。”周忍冬说道，“我们吃的都是一样的东西。”

葛宏发揉了揉太阳穴：“我们一边聊天一边吃肉，没有发现任何异常。”

路骏道：“葛浩成吃过周忍冬烤的肉，周忍冬也吃过葛浩成烤的肉，而且算得上是随机吃的，哪块熟了就吃哪块。所以他们的嫌疑也洗清了吧。”

“那烟呢？”周忍冬记起几个男士都抽烟。山鬼或许是在香烟滤嘴上动过手脚。

“不可能。”界心鸣淡淡说道。

这些男人的关系就像一个乱糟糟的线团，葛浩成和葛宏发不会相互递烟，而界心鸣也不抽路骏递过来的烟，所以谁都没办法在烟上动手脚，药晕其他人。而且葛浩成和路骏派烟，是把整包烟给别人，让别人轮流从烟盒里抽一根，等烟盒回到他手上，他再拿一根出来抽。

葛浩成一拍手，似乎已经下定了决心："现在我们都复过盘了，我记得我们的颜色和顺序是这样的吧。"

序号	姓名	颜色
1	界心鸣	红
2	路骏	橙
3	王传明	黄
4	葛浩成	绿
5	葛宏发	青
6	周忍冬	黑

葛浩成说道："开始吧，总得走出第一步，不如就按颜色顺序。小界，你先来吧。"

界心鸣低头沉思，他知道时间不等人，但他确实没有什么想法：“对不起，我不知道。现在的线索还是太少。万一我选错了人怎么办？我不知道谁会是幕后黑手。”

“那你的发言结束了。”葛浩成黑着脸。

如果每个人都不指认其他人，那么讨论根本就推进不下去。

“路骏，你来吧。”葛浩成说道。

路骏犹豫地说道：“我也不知道。”

“我觉得可能是小界。”刚一出口，王传明又立刻改口，“不，不是小界。我，我也不知道。”

到了现在这一步，没有人想率先当恶人。

“算了，我也不知道！”葛浩成道。

葛宏发看了葛浩成一眼，也说道：“我不知道。”

周忍冬的回答也和其他人一样。最后的讨论也没有必要了。周忍冬又开始了啜泣。界心鸣觉得原来忍冬姐没有这么脆弱、这么爱哭，不过他们遭遇了这么可怕的事情，管不住泪腺也属正常。

六人又一次沉默了，无情流逝的不只是时间，还有他们的生命。

“难道我们只能听幕后黑手的吗？”周忍冬开口道。

“既然找不出幕后之人，那就只能找出杀害林盼盼的凶手了。”界心鸣犹豫半晌，还是提了出来。

“除此之外也没有别的办法了。”葛浩成说道，“不如我们试一试吧。”

终于有人说出了这句话。在排除其他法子后，为了求生，他们不得不选择玩游戏，这是一种妥协，这个时候说出这个提议，不会像最初那样让人反感。

如果这个凶手真的在他们当中，他们能揪出来，也算是为林盼盼报仇了。这两者的结果虽然一样，但给人的感觉完全不同。虽然说到底不过是自欺欺人，但有句话说得很对，人依靠结果而活，却要靠过程来说服自己。

“要不然我们试一试吧。”路骏也附和。

事到如今，不会有人反对。

葛宏发点头道：“也只能这样了。”

靠久远的记忆解决多年前的谜案，还要获得除凶手外所有人的认可，这件事的难度不是一般的大。

十三年，说短不短，说长不长，足够让兄弟反目、爱人陌路了。

“从头到尾讲一下吧，我的记忆都模糊了。”葛宏发感慨，“过去太久了，久得像是上辈子的事情了。”

第四章

狗咬狗

十三年前的一个秋天，十月十六日，天气还没有变凉爽。

他们六人已经在矿上工作近一年，王传明是小组长，其他人都是普通工人。女性由于体力的关系不需要下矿，林盼盼是质检，周忍冬是后勤，职位虽然这样安排，但她们俩在地面上也得干一些体力活。六人恰好分在同一班组，上下工都是同一时间——早上八点半到下午五点半，如果是冬天，整个时间会提前三十分钟。

但十月十六日这天，林盼盼六点半才回到家。晚归的理由至今不知，可能是因为工作，但当时的工作量没必要加班。

林盼盼回家后没有什么异常表现，本应该在八点左右就回到自己房间准备休息，当晚深夜，林盼盼却瞒着家人溜了出去。林盼盼的父母都不知道她是什么时候不见的，她妈妈十点左右起夜，回来顺便进她房间想为她掖被角，这才发现屋里空无一人。

界心鸣应林盼盼父母的要求，去矿区找林盼盼，但并没有发现林盼盼的踪影。

林盼盼家人四处打听消息，得知路骏也离开了白水村，便猜测林盼盼是与路骏一起出门了。于是，他们在不安中等了一夜，期望第二天见到女儿归来的身影。第二天，矿工们上班时发现一个废弃矿洞口有一些奇怪的痕迹，检查一番，发现林盼盼躺在矿洞底，已经没有了呼吸，身上除了一些剐擦和瘀青，并没有其他伤口。换句话说，林盼盼身上没有致命伤，而十月的气温也不至于冻死一个年轻人。

村里没有法医，只有一个老医生。按照经验，他只能得出林盼盼死于凌晨一点到三点的结论。老医生提出，可以把林盼盼的尸体送到镇子上进行检验。

但林盼盼的双亲拒绝了这个提案。他们唯一的孩子惨死之后还要被不认识的人扒光衣服开膛破肚，连一具全尸都没有，这对老一辈人来说是无法接受的。

按照相关法律，涉嫌刑事案件的尸体，不论家属同不同意，公安机关都可以强制进行尸体检验。而对于死因不明但是不涉嫌刑事案件的尸体进行检验，要征得死者家属同意，否则是不能强制进行解剖检验的。在其父母的坚持下，林盼盼就这样死因不明地下葬了。

世上的事情往往很奇怪，就拿这事来说吧，被害者的名誉比加害者更容易受损。一名未婚的年轻女性接受尸检会坏名声？

被害者应当是无辜的，所有施加的污名都该由犯罪者承担。但在当时闭塞的小山村里，几乎所有村民都无声地支持着这个决定，让林盼盼的名声和肉体保持纯洁下葬，错失了揭开真相的机会。

林盼盼的死也让界心鸣遭受了不少非议，不对，不能说是非议，因为界心鸣确实有一定责任。当晚林盼盼绝对在矿上，而界心鸣没能及时发现她。因此，心怀愧疚的界心鸣在矿上效益还行时离开了白水村，重入校园，结果阴差阳错获得了新的发展，成为他们当中唯一在日后“坐办公室”的人。

人虽已逝，流言不断。林盼盼一事看似已经随时间淡去，却在东邻西舍的闲谈中滋生壮大。也不知是从谁人之口传出，竟有了山鬼害人一说。

似乎打白水村建村以来，就有村民受山鬼骚扰的传言。在这里，山鬼不是屈原笔下窈窕动人的女山神，而是真正的恶鬼，是能止小儿啼哭的存在。

石洞如房，多毛人，长丈余，遍体生毛，时出啮人鸡犬。拒者必遭攫搏，以枪炮击之，铅子皆落地，不能伤。

山鬼居住在山上，会不时下山，掳走村人的牲畜，破坏田地。更重要的是，山鬼会杀人。从前常有人在山路上莫名消失，据说就是被山鬼抓回山洞里吃掉了。传说山鬼的嘴唇很厚，可以反唇而笑，笑声瘆人，听到笑声的人会得怪病，或疯狂或虚弱，很快就会死亡。于是，林盼盼的死成为村子里不能公开谈论的禁忌，在村民煞有介事的神情和小心翼翼的言语中，笼罩上一层神秘的恐怖色彩。

转眼十多年过去，物是人非。

根据六人的叙述，当年的旧事也被勾勒出了一个大概的轮廓。

林盼盼的死看似无能为力的意外，既然他们今日能够聚集起来，其中必有隐情。

界心鸣看过很多侦探电影和小说，知道在没有鉴证手段的条件下，可以通过不在场证明来排查嫌疑人。

"既然在座的都是嫌疑人。"界心鸣说道，"那我们都说下当夜自己做了些什么，有什么人证吧。当年的事情不是小事，我相信你们都还有记忆，应该不会那么轻易忘了自己的所作所为。白水村是个小村子，两只猫在村头打架，全村人都知道。希望大家不要说谎，因为相互印证之下，我们能看破谎言。"

界心鸣继续说道："我先开始吧，那一天，我从矿上下来，先去冲了个澡，换了身衣服，那个时候大概是五点五十分。”

矿工从闷热的地下出来，身上又脏又臭，如果直接回去，被汗浸湿的身子被山风一吹，铁打的身子也受不住，由于这里都是白水村自己的煤矿，做工的都是自家人，因此矿上相应的设施都比较完善，里面有可以冲澡的地方。

“我看到林盼盼还在干活，特意叫她一起回家，但她没走。然后我就回家吃饭，看了会儿电视，在八点半上床睡觉。”界心鸣说道，“十点四十分左右，我被姨妈，也就是林盼盼的母亲叫起。她告诉我林盼盼不见了，让我帮忙找找。姨父因为早年受过伤，身体一直不是很好，所以他们找到了我。一开始，我不认为林盼盼会在矿上。但姨妈告诉我，他们已经找过村里的其他地方，而路骏今晚刚好骑车出门。所以我姐姐林盼盼只有两个去处，一个是矿上，另一个是和路骏一起走了。”

谁知道热恋的情侣会干出什么傻事，如果是后者，等林盼盼回来，她父母一定会好好训斥她一番。

当时他们更希望是前者吧，他们的女儿也许忘了什么重要的东西才会回到矿上。但在林盼盼的尸体出现后，他们肯定无比希望是后者，无论女儿做了什么事，他们都会原谅她。

“我到矿上的时候已经是十一点十分左右了，我记得很清楚，因为我看了表。矿上没电，我拉闸取电照明，逛了矿区，还用广播呼叫了我姐的名字。”他内疚地捂住了脸，“然后我就走了，当时我又冷又困，想着早点回家睡觉，没想到我姐姐正处在危险中。我也没想到她会在废弃的矿洞里……”

“这不是你的错。”周忍冬搂住界心鸣的肩膀。

界心鸣搓了搓脸，继续说道：“我在十二点左右回到了家。这些事，我姨妈和我爸妈都能为我做证。”

“那么路骏，你呢？”葛浩成问道。

“和小界说的一样。”路骏说道，“那天我下班之后简单冲洗了下就回家了。吃完饭，收拾好东西，我就离开白水村去镇子上的姑父家了。”

葛浩成追问：“你还记得具体的时间吗？”

路骏想了一下，回答道：“那天我是准时下班的，离开家应该是六点半左右，到姑父家的时间应该在十二点半。由于是跑夜路，我骑得慢了一点。那一晚的行动，我也是有人证的。”

林盼盼下葬虽然草率，但当初也不是没有调查，路骏作为嫌疑最大的人接受了最多的讯问。所以他的行动轨迹清清楚楚。

下一个是王传明。他说道：“那天我也是一下班就走了，然后就窝在家里看电视，看到八点就回房睡觉了。因为我没有到处乱跑，所以除了我父母外，没有人能做证。”

但父母的证词并不可靠。一方面，父母为保护孩子可能做伪证；另一方面，虽然他们大都和父母同住，但本地几乎都是二层小楼，房屋的层高都不高，回到房间后再偷偷溜出去的难度并不大。小时候，他们就经常从家里逃出去，到山上打野鸟、摘野果。

像林盼盼那样深夜溜走也是有可能的。

葛浩成看了一眼葛宏发，说道："那个时候，我父母不在白水村，所以我偷偷跑到他的房间里和他一起看录像带，我还记得那部电影叫《富贵逼人》。"

"讲了一个小家庭意外中了彩票的故事。"葛宏发接过话，"比电视好看，大概一个半小时，我们从八点半开始看，看到十点，然后他就回去了。"

他们本来就住在一起，葛浩成翻过隔墙，从阳台到隔壁也很方便。但当初葛宏发和葛浩成关系密切，他们可能会互做伪证。

最后发言的是周忍冬。当晚，她的行为比起其他人而言更简单。周忍冬准时下班回家，七点之后回房看书，她一直不满父母给她安排的煤矿工作，想要继续念书，将来能去镇子上当教师。当晚，她看书看到九点半才入睡。

"好了，我们所有人都说完了，接下来就开始指认环节吧。"

葛浩成又一次主持了指认。

“喀喀。”界心鸣清了下嗓子，这次也是由他开始，他开口前看了路骏一眼，看来是要把路骏当作目标了，“我记得路骏你姑父是在三山镇吧？从白水村到三山镇是四个小时路程，但你多花了一个小时，这一个小时你去什么地方了？”

路骏急忙解释道：“我不是说过天黑了，我骑得——”

“嘘。”葛浩成提醒路骏，“轮到你了，你再解释，或者最后再来解释。”

“而且夜里出发，还要骑这么远的山路，你是有什么理由一定要在当晚到达？”界心鸣质问道，“而且你在我姐死后也没有任何表现。我怀疑我姐的死与你有关，你离开白水村就是为了逃脱嫌疑，并且让你那个不知道隔了多远的姑父做证。”

多年前，界心鸣一直管路骏叫路骏哥，但在林盼盼死后，界心鸣就改了称呼。

“你说完了吧。”见界心鸣闭上了嘴，路骏开口说道，“首先界心鸣对我提出了几个问题，我逐一做下回答。关于我为什么会花这么多时间，这很简单，山路崎岖，又是深夜，我为了安全只能骑慢点，所以多花了一个小时，这有什么可说的呢？连夜赶到姑父家是因为我要找工作参加面试，就是进水电公司的事情。关于这件事，我家里人有了分歧：一方面，他们对矿上有信心，认为现有的矿藏挖掘完毕后，还可以发现新的矿脉；另一方面，他们又舍不得这个让我离开白水村的机会，于是这件事一拖再拖。等我回过神来，这事快到最后期限了，所以我只能连夜赶去姑父那里，然后在第二天一早去报名。”

“至于我为什么没有深究林盼盼的死……”路骏缓缓闭上了眼睛，似乎在回忆痛苦的过往，“因为那个时候，我和林盼盼已经分手，也许你不知道，但王传明和葛浩成他们曾经撞见我和林盼盼争吵。”路骏睁开了眼睛，看着界心鸣，“我反而觉得你比较可疑，那天晚上明确到过矿区的只有你和林盼盼，而且你凌晨左右才离开矿区，与林盼盼的死亡时间最接近。所以我指认你，界心鸣。”

路骏的指控明显带有报复性质，没有多少说服力。

王传明道：“轮到我了，首先我承认在林盼盼死前两三天的时间，我和葛浩成撞见他们争吵，林盼盼还哭了。我们只是恰好经过那里，只听到几句话，大概是前途、抛弃之类的话。至于那晚，我真的一直在家，所以我不可能是凶手。”

葛浩成说：“我也承认路骏说的话，他们是有过争吵。还有，当晚我和葛宏发在看录像带，所以我们不会是凶手。另外，我有个问题，周忍冬，你一直在看书的话，有没有注意到那晚山坡上曾出现过一个光点？最后，我不清楚谁会是凶手。我的阶段就这样过去了吧。”

葛宏发的发言几乎和葛浩成一样，虽然他们现在交恶，但在涉及林盼盼的案子上，还是一根绳子上的蚂蚱。

把他们聚集起来的人要求五票指认凶手，可如果葛浩成和葛宏发是同谋的话，无论集中投葛浩成还是葛宏发最多都只有四票。

是幕后黑手早就排除了两人合谋的可能性，还是他算漏了这点?

周忍冬最后一个发言：“我从窗户望出去确实望见过光点，时间大概是晚上九点半左右吧。”

其实关于光点的事情，那晚不只是她，村里还有几个熬夜的人也看到了，但由于是深夜，那天天气也不好，没什么月光，光凭一个小小的光点，没人能确定发光点在何处。

“我是无辜的，另外我觉得路骏的嫌疑还是很大。”周忍冬露出一个苦笑，“就算前面两个问题你解释清楚了，最后那个，不是反过来证明你有动机吗？你为了自己的前途想要离开白水村，但林盼盼苦苦阻碍，也许她有你的什么把柄，你只能把她除掉。”周忍冬闭上了嘴，表示自己的发言结束。

接下来就是自由讨论的时间。

路骏迫不及待地开口：“我能有什么把柄在林盼盼手里？在

那之前，我们是恋人，分手之后也能成为朋友，不是仇人，而且十八九岁的人会搞出什么把柄？以前的白水村，少了只鸡，大家都不会认为是小偷干的，而会认为是被野兽叼走了。我要是真干了什么见不得人的事情，早就被人知道了。”

界心鸣冷冷道：“你要进水电公司吧？那可是铁饭碗。有很多人盯着里面的位置，要是我姐姐去公司闹，你会不会因为生活作风问题被踢出来？”

路骏指着界心鸣的鼻子说道：“那你小子呢？你和林盼盼的关系真的就那么好吗？”

“当然，我们就和亲姐弟一样。”界心鸣说道。

路骏发出一串冷笑：“那你知道吗，你们两家住得那么近，你家有你这样一个儿子，而他们家只有一个女儿，而且由于身体原因，他们再也不能生育，如果找不到人入赘，他家可就绝户了。林盼盼对你的感情绝没有那么单纯，她疼爱过你，也嫉妒过、怨恨过你。她不止一次对我说过，你要是不存在就好了，这样她父母就不会拿你来对比她、责骂她、折磨她。还有一个问题，林盼盼的死亡时间是在后半夜，而这个点，除了我在外面，你们全都在睡觉，没有不在场证明。只有时间是公平的，我不可能同时出现在两个地方，所以你们的嫌疑比我大。”

路骏说对了一点，如果单看死亡时间，林盼盼死于凌晨一点到三点之间，其他人都没有确凿的不在场证明。但林盼盼是八点左右回自己房间的，她溜到矿山上，不可能傻傻地等到后半夜再与凶手见面，然后被害。凶手要想杀害林盼盼，就算不提前到矿山上，也得在差不多的时间上山，稳住林盼盼，接着通过某种方法让林盼盼在后半夜才彻底死亡。这样一看，八点后到十二点前，有不在场证明的人嫌疑才会略小。

界心鸣又提问："那在之前呢？你在离开白水村前。"

路骏摇头："那更不可能，如果她八点左右进入房间，立马溜出来见我，我把她带上矿区再下来，又要花一个小时。我九点出发去三山镇，路上四个小时，到达目的地要次日一点多。"

争论结束，六人开始投票。

序号	姓名	颜色	与死者关系	票数
1	界心鸣	红	死者表弟	1
2	路骏	橙	死者恋人	3
3	王传明	黄	死者工地组长	1
4	葛浩成	绿	死者友人	0
5	葛宏发	青	死者友人	1
6	周忍冬	黑	死者友人	0

结果出来了，路骏的票数最多。

“葛浩成，你什么意思？”路骏怒问道。

从这个票面来看，葛浩成和周忍冬是零票，他们的两票似乎都加到了路骏身上，气急败坏的路骏直接认定就是葛浩成和周忍冬投了他。

“等等，不是我投你的啊。”葛浩成说道，“你用脑子想想，这个结果明显有问题。”

由于是匿名投票，没人能确定谁投给了谁。但从葛浩成的话中猜测，他应该是投给了其他人。

“对不起，是我失态了。”路骏这才反应过来，立马道歉，“但你们难道没有脑子吗？我和界心鸣收到的邀请信都是一样的，我是想要知道林盼盼死亡的真相才回到白水村的，如果我是凶手，那不是自寻死路吗？”

王传明说道：“那你的意思是凶手在剩下的四个人当中吗？”

“对不起，我觉得你的说法不对。”葛宏发说道，“也不能排除凶手想确认是否真的有人识破自己的罪行，所以才赶到白水村，打算将知情人灭口。毕竟我国没有过了追诉期就能逍遥法外的说法。”

按我国法律，如果一个人被杀，当年没人发现，没人报案，公安机关也没立案，那么二十年后，就算过了追诉时效，抓到嫌疑人，仍然可以报请最高人民检察院核准，决定是否追诉。更何况此案当年已经立案侦查，嫌疑人逃避侦查，不受追诉期限的限制，抓到了仍要追究刑事责任。

路骏不悦道："你要是这样想的话，就有一点无理取闹了。"

葛宏发再次强调："这可不一定是无理取闹，一个知道自己罪行的人就像一颗定时炸弹。如果我是凶手，我也会选择灭口。"

相互指认到最后，大概率会变成狗咬狗。

"冷静，大家还是想清楚当年的事情。"王传明说道。

"要不你们把牌再放进黑箱子里，我们再来一轮？"周忍冬问道。

被投的人都有些不安，毕竟被投出局的人是要喝下百草枯的。

路骏还未开口反对，葛宏发就说话了："我在想，我们是不是还有第三条路。"

第五章

死路一条

“什么第三条路？”界心鸣问道。

“虽然我们失去了交通工具，但我们还有双腿。我想过了，我们满打满算还有两天时间。”葛宏发说道。

周忍冬不安地问：“走得出去吗？”她有些怀疑，光凭双腿，他们真的就能走出蓄水区？

“我简单算了下，走路时速是 3 ～ 7 公里，摩托时速为 30 ～ 60 公里，汽车时速是 40 ～ 80 公里。根据我们过来时花的时间，可以估计白水村距离最近的镇子应该 200 公里左右。尽管步行速度不快，但走得快的，可能每小时能走 10 公里，跑步可以达到 15 公里。当然不可能一直以这个速度奔跑，这只是理论上的。两天时间，如果每天 20 个小时，考虑有部分山路，时速按 5 公里算，两天足够走出去了。必要时，我们甚至可以减少休息时间，加快速度，而且我们可以走近路，盘山公路绕得很，我们距离镇子的直线距离绝对没有 200 公里。”

“太危险了，万一我们走错一步不就是必死的局面吗？”葛浩成皱起眉头，反驳道。

“现在的局面难道还不够糟吗？”葛宏发生气道，“难道你就是幕后黑手，所以才不让我们离开？现在举手表决吧，愿意走出去的举手。”葛宏发率先举起了手。

王传明也举起了手，接着是路骏和周忍冬。

“好了，剩下的人不用举手了。同意走的已经过半数了。”葛宏发说道。

还未举手的人也只能和他们一起行动，这倒不是因为少数必须服从多数，而是因为离开了这么多人，剩下的人根本不可能再进行指认，唯一的生路就是和他们一起走出去。

周忍冬忍不住又问了一句：“你们认路吗？”

“以前没煤矿的时候，白水村根本没公路，老一辈人挑着山货去赶集走的都是山路，村里人生了重病要看医生也走山路。”葛宏发说道，“我和王传明都被大人带着走过山路，而且我们走盘山公路也很多次了，只要大方向不错，我们距离目的地也不会相差得太远。”

解释完这些，葛宏发开始发号施令：“现在我们物资不足，首先，我们尽可能收集一些水和食物，多拿些塑料瓶。白水村有溪有井，但山路上就不见得有了，所以我们要多带点水。大家再去村里看看，只要是觉得有用的东西都可以带过来。”

白水村已经败落好多年，再加上蓄水的关系，政府迁走了最后一批住户，白水村彻底成为死村。可只要是人生活过的地方，总会留下点垃圾。而世上不存在完全没用的垃圾，只是缺少利用垃圾的方法和时机而已。

事关自身性命，就算他们不完全认可葛宏发的方案，也都铆足了劲，找来一大堆东西：

一把半朽的柴刀，十来个塑料瓶、玻璃瓶，一些窗帘、床单，半截蜡烛，一盒还剩三根的火柴和其他一些破烂。

他们先用火柴生了火，用废弃的铁桶当锅，煮沸了井水。做了好几年的城里人，他们的肠胃已经不适应喝生水了，万一出现问题，将会影响他们走出白水村。

处理好饮用水后，他们又把窗帘和床单做了简单的加工，一部分拿来做绑腿，另一部分可以披在身上应对夜风。

现在唯一的问题就是食物，白水村虽然有农田和菜地，但是早已荒废，地里根本找不到粮食，只剩一些自生自灭状态下长出来的蔬菜。在缺油少盐的情况下，他们只能煮出一锅满是草腥和土腥味的菜汤。

不过他们没有挑剔食物的余地，半包压缩饼干不足以支撑他们长途跋涉，他们只得捏着鼻子喝完难以下咽的菜汤。

现在距离天黑已经没有多少时间了，他们缺少照明工具。在夜间，他们的行进速度会大幅度减慢，所以必须趁着太阳还未落山时尽可能前进。

赶路时，他们停下了交谈，一来是为了节省体力，二来是为了避免争吵。葛宏发和王传明有过步行前往镇子的经验，两人轮流在队伍最前面带路。那个碍事的纸箱还是由葛浩成拿着。

“这个又是什么鬼东西？”王传明看着前面突然出现的牌子，喊道。

牌子是新立的，上面写着四个鲜红的大字——“死路一条”。

“故弄玄虚！”葛宏发摸了摸上面未干的颜料，用力推倒了牌子，“我们继续往前走。”

他们一行人就这样无视了警告，继续向前走去。不间断地走了几个小时后，他们又累又饿，几乎要迈不动步了。

苏醒后，他们只吃了半块饼干和一些蔬菜，根本扛不住消耗。界心鸣只要一想到口袋里还有半块饼干，口腔内就开始分泌唾液，觉得双腿还能再向前迈动。这半块饼干也带给他一些支撑，让他觉得他们不是毫无准备的，他们还有希望。

其他人的状态也没比界心鸣好到哪里去，每个人都面露菜色，大口喘着粗气。周忍冬跟在队伍最后，一副下一秒就要掉队的样子。但他们的时间有限，领队者丝毫没有减缓速度的打算。直到深夜，六人还在继续前进，靠着夜空中的北斗七星找到了北极星，以此辨认方向。

六点左右天亮，他们能有四个小时的休息时间，葛宏发看了眼手表——幕后黑手提供的手表由葛宏发保管。

“现在已经一点了，我们休息一下吧。”葛宏发说道。

终于停下了脚步，众人不由得松了一口气。

周忍冬和路骏清理了下地面，生了火。王传明和葛浩成打了水，摘了一些可食用的植物。春夏之交，有些植物幼茎还很柔嫩，类似柳叶、猫尾草和羊齿类植物，只要除去外表茸毛，沸煮后就可以食用，而且山上还有不少野果、野菜、藻类等，像苦菜、蒲公英、荠菜、芦苇和青苔，其实都可以食用。

铁桶被留在了白水村，但王传明带了个铁罐头，可以用来煮菜。摘来的野菜和野果被一股脑儿地丢进了沸水里，咕嘟嘟地煮了起来，不一会儿就散发出一股令人不安的怪异气味。

葛宏发和界心鸣在附近设了一些简单的陷阱。如果给他们更多的时间，捕些野兔、野鸡也是可能的，现在，他们也只能这样守株待兔。

然后，他们还把一路上捉来的昆虫丢进了汤里。

现代人不习惯吃昆虫，甚至感到厌恶，实际上，人类食谱上一直都有昆虫的一席之地，毕竟昆虫是自然界最繁荣的一个家族，也是人类最易得到的蛋白质。白水村的村民就有吃昆虫的习惯，如蝗虫、蝉、蜂蛹，还有螳螂、蜻蜓、蚂蚁、蟋蟀等，都可以吃，只是味道不佳。

这些黑暗的食材，最后烧出了一罐黏糊糊的、发苦的菜汤。六人一点点啃食压缩饼干，喝下恶心的菜汤，以安慰自己饥饿的肠胃。

由于饥饿的作用，界心鸣在嚼虫子时甚至尝出了鲜虾的滋味。小半块饼干和一碗黑暗菜汤进入胃袋，根本没有缓解腹中饥饿，反而勾起了肠胃的欲望，但界心鸣还是忍住吃光饼干的冲动，把它放回了口袋里。

吃完糟糕的晚饭，六人围坐在火堆边休息。

跳跃着的火焰，给人一种安心感。这是镌刻在基因中的感觉。几百万年前，人类弱小的祖先就是靠着火焰，击败了无数天敌，因此在温暖的火堆旁，就算什么都不干，也能放松下来。

界心鸣脱下鞋子，烘干被汗水浸湿的袜子和脚，然后对着火光，用刚削好的木签挑破脚上的水泡。他很久没有徒步走这么多路了，身体撑不住这样的高负荷运作。不过这样的日子应该只会持续两天，他咬紧牙关就能撑过去。

不挑水泡的人，也选择脱下鞋子放松自己的双脚。火堆边弥漫着一股微妙的臭味，那味道就像把臭鱼和奶酪放在一起炖煮。

界心鸣注意到周忍冬有些异常。

“你没事吗，忍冬姐？”他关心地问道。

周忍冬摸了摸自己的伤口：“有些不舒服。”

因为赶路，周忍冬的伤口浸满了汗水，又因为剧烈运动而撕裂，导致伤口感染、恶化。

界心鸣此刻无比怀念自己准备的急救包，食物、药品、导航仪……应有尽有，只是被该死的幕后黑手拿走了。失去了这些，界心鸣能做的并不多。

他对周忍冬说道：“不要乱动，我帮你清洗一下伤口，重新包扎吧。”

周忍冬的一些伤口已经化脓，界心鸣在帮周忍冬清洗伤口时，发现有些伤口不像是摔倒能导致的，倒像是被人打伤的。他压下好奇，替周忍冬处理好了伤口。

“忍冬姐，你回去后一定得去医院好好处理下。”界心鸣说完，特意用柴刀为周忍冬削了一根拐杖。

界心鸣在为周忍冬做这些时，没有发现王传明一直偷偷在用余光瞟他们两人。就算界心鸣看到了，现在也没有和别人争风吃醋的余力了。他调整了下坐姿，闭上眼睛，与周忍冬相互依偎，准备抓紧时间睡一会儿。

火焰的跳动透过眼皮传导到他眼球内，与他的呼吸相应和，如同月球的运行和大海的潮汐一般。界心鸣感受到前方的温暖和从背后一点点侵染而上的寒意，他蜷缩起身子，以抵御深夜的寒冷。

他在半梦半醒中回想起和林盼盼在一起的点点滴滴，他们在一起长大，他就像跟屁虫一样跟着林盼盼。在他小的时候，林盼盼会帮他擤鼻涕，会辅导他功课。界心鸣一个人去外面疯玩，磕破了皮，也是林盼盼偷拿药水为他处理伤口的。可以说，林盼盼是界心鸣理想中姐姐的模样。

界心鸣还记得一件旧事。也不知小时候的他从哪里听到狗熊吃蜂蜜的故事，突然就想尝尝蜂蜜。在得知树林中有蜂巢后，他居然一个人去掏蜂巢，差点被蜜蜂蜇伤。当时，是林盼盼赶来救了他。他自己没有被蜇，林盼盼却被蜇出了三个大包。

这么多年后，他还忘不了林盼盼痛得吸气的模样。后来，他甚至特意背下了处理蜇伤的步骤——首先不要惊慌，先挑出伤口内的蜂针，然后用肥皂水冲洗伤处，因为肥皂水是碱性的，蜜蜂的蜂毒是酸性的，酸碱中和能解毒。

界心鸣沉浸在回忆中，轻轻地入睡了。

五点半左右，葛宏发叫醒了他们。天色还是黑的，山上多雾，清晨微弱的日光穿不透山雾，光明似乎永远不会来临，但他们不能等雾散了再行动。

葛宏发检查了临睡前设好的陷阱，没有任何收获。界心鸣在心里暗骂一句，然后又帮忙煮了一顿难喝的野菜汤充当早餐。

不知道是不是心理作用，界心鸣感觉他们都憔悴了不少，不单是眼内的血丝、黑眼圈、苍白的面容、乱糟糟的头发……还有灵魂的憔悴。他们每个人都像被放跑了气的气球，干瘪了下去。

他又一次觉得人是如此脆弱，一个人出生，如同在手心点起了一根蜡烛，要护着火焰走过黑暗森林，稍有风吹草动，手里的烛火就容易熄灭。也不知有多少人能看护好自己的生命之火。

为了赶路，他们需要穿过树林，翻过山脊，界心鸣觉得越来越吃力。在山路上穿行，他们身上的伤口也越来越多。血腥味和汗臭味引来了蚊虫，这些吸血鬼瞅准任何机会叮咬他们几人，叮咬处瘙痒难耐，一片红肿；而它们的嗡嗡声又如幽灵一般一直萦绕着他们，让他们不得片刻安宁。

葛宏发带队，摸索着往前进。界心鸣有一种错觉，他觉得葛宏发正在把他们带往地狱。

这样想的不只他一人，但其他人都没开口，似乎有了领头人担负职责，失败的风险就都归到他一人头上似的。但是，他们都没有意识到，逃避职责等于放弃选择，而放弃选择就是交出自己的命运。

清晨终于过去。虽然到了上午，山雾还没有散去，但太阳已经透过雾气零零散散地照射到大地上，四周也喧嚣起来，有不知名的动物窸窸窣窣的穿林声和各种昆虫的鸣叫声。走着走着，他们听到不远处传来水流声。

葛宏发打起精神，立即喊道："前面就是黑水川了！过了桥，我们就走了一半了，还剩下一半路程，按现在的速度，我们是来得及的。"

众人闻言也和葛宏发一样打起精神，加快了脚步。但到了黑水川前，面前的景象让他们再度陷入绝望。

横跨两岸的大桥断成了两截，两岸只余下一小段桥基。

没了桥，他们走不到对岸，又怎么离开蓄水区？难道游过去吗？望着奔流不息的河水，众人只能打退堂鼓，幕后黑手为了困住他们，早就做了周到的准备。黑水川的水如同他们的泪，叫嚣地奔流着，阻绝了他们生的希望。

王传明冲着奔腾的水流大喊，声音充满绝望："我们怎么办？能不能砍一棵树当临时桥？"

路骏无奈地说道："这么宽的河面，就算有合适的树，我们没有重型机械，也没办法把它放在河面上。"

“那绳子呢？想办法把绳子丢过去，我们沿着绳子爬到对岸去。”王传明焦急地说道。

“不要异想天开了！”路骏道，“我们没有这么长的绳子，就算有绳子，我们能丢到对面去，也固定不了啊。”

“那你说我们该怎么办！”王传明朝路骏咆哮道。

计划被打乱，他们无所适从，瞬间乱成一锅粥。

“早知道就该听我的，留在白水村就好了。”葛浩成抱怨道。

“你把我们带到了死路！”路骏愤怒地朝葛宏发喊叫。

周忍冬又开始哭了。

界心鸣只觉得全身又酸又疼，像要散架一般，不想参与争吵。

赶在所有人都开始斥责自己之前，葛宏发咬牙切齿地说道：“够了，反正现在只有两个选择。要么折回去，我们边走边玩那个蠢游戏，玩出结果后，得到交通工具离开这里；要么绕路走，从上游绕过黑水川。我不推荐前者，因为我们不知道什么时候才能得出结果，而且还要考虑开车出来的时间，九成九是来不及了。我们只能走，继续走，和时间赛跑！”

时间本就紧张，现在又要加上绕路的时间，接下来更是分秒必争了。虽然按照计划来看是可能的，但他们是人，不是机械，一粒掉进鞋子的小石子，一只钻进衣服里的小虫子，都会减缓他们前进的速度。他们真的走得出去吗？

可人这种生物，在绝望中连一根稻草、一根蜘蛛丝都会紧紧攥住，即使希望渺茫。

“我不会把自己的命放到别人手里。我选择后者。”葛宏发又迈开步子，“没有别的办法了，还想活命的就跟我来。”

葛宏发说得没错，摆在他们面前的只有两条路，后者成功的可能性比前者稍大一些。于是剩下的人如同丧尸一般跟在葛宏发身后，一言不发地继续前进。

葛宏发要从上游绕过去，可山间根本没有路，每一步都需要领队挥动柴刀在前面开路，格外费力。路越来越崎岖，葛宏发和王传明换班的频率越来越快，最后，除了周忍冬外，其他人也要轮着到前面去开路。

一路上，界心鸣已经摔了两三跤，浑身上下都是泥土，狼狈不堪。其他人也一样，泥土和伤痕遍布全身。路骏又一次被藤蔓绊倒后，忍不住说道：“我们休息一下吧，磨刀不误砍柴工，在林子里走太累了。”

葛宏发断然拒绝：“时间不等人，再坚持一下，等我们逃出去，你们躺在床上睡三天三夜，都没关系。”

路骏张嘴还想再说些什么，但最后还是闭上了嘴，埋头前进。

他们又走了十多分钟，一件意想不到的事情突然发生了。在队伍最后方的周忍冬发出了一声惨叫，捂着脚踝倒了下去。

“是蛇！”葛浩成大声提醒道。

界心鸣也看到了蛇，蛇头又小又尖。他抄起周忍冬手边的拐杖打向毒蛇，毒蛇来不及逃跑，被界心鸣一下子打中七寸，软了一下。趁毒蛇被他打晕之际，他冲过去牢牢踩住蛇头。

葛宏发则回过身来，用柴刀将蛇头砍下。这蛇没了身子，只剩下蛇头，却凶性大发，还张着嘴，露出尖锐的毒牙，想要咬人。

“没事吧？”界心鸣跪在周忍冬一旁，撕开她的裤腿检查伤口，“忍冬姐，你感觉怎么样？”界心鸣问道。

周忍冬回答道：“没事，就是疼，然后有些头晕。”

界心鸣看到周忍冬的右脚脚踝处有蛇牙印子，他解下自己的皮带绑住周忍冬的腿，防止毒素扩散。界心鸣弯下腰，嘴凑到周忍冬脚踝上，想替周忍冬吸出蛇毒，减轻她的痛苦。

“等等，别用嘴。”葛宏发赶紧阻止了界心鸣，“我们这几天都没好好吃过东西，嘴里都烂了，口腔可能有伤口，你帮她吸毒，说不定你先毒发，还是用柴刀吧。”说着，他把破柴刀递给界心鸣。

如果是普通的柴刀，那应该没问题。但看着这把血迹斑斑、满是污秽的柴刀，界心鸣有些发怵。要是感染了破伤风，周忍冬可就真的没救了。

界心鸣问道："谁还有干净的锐器，无论什么都行。"

"我只有这个。"路骏从口袋里摸出了一支钢笔。

界心鸣接过钢笔，用石头砸开了笔尖，让它更加尖锐一些，接着用内衬抹上吐沫，擦了擦笔尖。他让周忍冬忍着点痛，然后用钢笔硬生生地扯开了伤口，弄出一个十字形的伤口，把毒血都挤了出来。

葛宏发捡起蛇头，小心地包好放进口袋，一旦周忍冬送医，医院就能通过蛇头快速识别出周忍冬中的是什么毒，能尽快为她注射相应的抗蛇毒血清。

至此，他们已经做了所有能做的处理，但周忍冬的状态仍不乐观。蛇毒的症状在她身上慢慢体现出来，她开始出现恶心、呕吐、头晕的症状。山里多蛇，他们或多或少都见过被蛇咬伤的人，知道如果周忍冬的症状再严重下去，她极有可能休克。

无论如何，周忍冬都不可能继续前进了。

"现在怎么办？"葛浩成问道。

路骏叹了一口气："要是让我们休息一会儿，她就不会被蛇咬了。"他有些责怪葛宏发。

"要是你们都走快一点，她也不会被蛇咬。"葛宏发不客气地反驳道，“她怎么把绑腿卸下来了，要是有绑腿，可能没这么严重。”

在山间行进时，打绑腿能有效防止血液下积引起的小腿胀痛，也能预防山虫咬吸、荆棘树枝刺扎。但不习惯绑腿的人打上绑腿后会觉得很不舒服，周忍冬可能也是觉得太别扭，才解开了绑腿吧。

“够了！”界心鸣听得头大，不满地喊道，“真的够了，现在不是推卸责任的时候，你们也不要说那些没用的东西了。”

“我们不能把忍冬姐丢在这里。这样吧，我背着她走。”界心鸣建议道。他率先承担起了责任，别人也就不好意思提出丢下周忍冬了。或许有了失去林盼盼的经历，界心鸣不想再失去一位“姐姐”。

话虽如此，但只让界心鸣一个人背也会降低他们的速度，所以最后还是轮流背负周忍冬前进。他们的行进速度比起之前，至少慢了三分之一。

界心鸣听到葛浩成嘟囔了一句“还不如直接被毒蛇咬死算了”。他立即勃然大怒，控制不住自己的怒火，向葛浩成挥出了拳头。

葛浩成猝不及防，被一拳打倒，差点翻下山坡：“你干什么？别以为我们还会像从前那样让着你！”他扑了过去，和界心鸣扭打在一起。

其他人连忙拉开两人。

“够了！”葛浩成说道，“总要有人做恶人，说出大家不敢说的话。带着她，我们根本走不出去。这不是丢不丢下她的问题，而是要么一起死，要么放下她，我们活着。”

周忍冬已经陷入了昏迷，听不到这段话，也省下了伤心和绝望。葛浩成说完后，一个人往树林深处走去，似乎想一个人走。王传明急忙去追。两人一起消失在了树林深处。

大约十多分钟后，王传明突然返回，一脸惊喜地对其他人说：“快过来，我们有新发现。”

难道歪打正着，他们发现了幕后黑手藏起的交通工具吗？

“怎么回事？”葛宏发率先问道。

“我们在前面发现了几栋房子。”王传明回答道，“里面有不少东西我们都用得上。”

“我们去看看吧。”葛宏发当机立断地说道。众人的情绪都比较激动，或许现在需要停下来休息一下了，要是一直绷着，他们也会绷断。

第六章

因果报应

出了树林，前面就是一片平地。不大的平地上立着几间原始的木屋，看样子是看山人或者猎户的临时住所。

葛浩成正站在门前，等着他们到来。他憔悴的脸上残留着愤怒，甚至在界心鸣背着周忍冬进屋时，还狠狠瞪了界心鸣一眼。界心鸣没有理会他，他觉得葛浩成能在当时的环境下说出那样的话，真的是猪狗不如。

木屋保存完好，可能平时还有人居住，里面留有不少生活用品。陶罐、柴火、盐花、油、煤油灯、尼龙绳子，甚至还有一张简陋的木床和一条毯子。界心鸣往木床上铺了些茅草，安顿好了周忍冬。

雾已经散了大半，太阳还躲在云层后面，空气中的湿度不减反增，仿佛就要下雨了。一旦下雨，雨水不但会影响他们的视力，还会使得本就难走的山路更加泥泞。葛宏发看了一眼手表——已经到了中午，他们的进度落后太多。

麻烦的事情一桩接着一桩，整个世界似乎都在和这六个人作对，不想让他们平平安安地离开蓄水区。葛浩成一直站在门口，没有进屋，仿佛不想和他们待在一起。

“我去和他谈谈。”葛宏发走了过去。

谁也没有想到，葛宏发和葛浩成的单独相处，最后会演变成一场可怕的意外。

他们准备生火煮菜，大约十分钟后，他们听到屋外传来激烈的打斗声。界心鸣和路骏出门一看，发现葛宏发和葛浩成不知何时跑到了远处崖边。

葛浩成把葛宏发打翻在地，骑到他身上，一拳又一拳打在葛宏发头上。看葛浩成凶狠的模样，他似乎想要葛宏发的命。

“快住手！”

界心鸣和路骏大喊着跑过去，想制止葛浩成的暴行。

葛浩成听到喊声，略一失神，让葛宏发抓住了机会。葛宏发奋力一搏，一个鲤鱼打挺，直起身子，一头撞在葛浩成的鼻子上。葛浩成的鼻血如瀑布般奔流而下，染红了他们两人。葛宏发趁着葛浩成还没反应过来，推开他，踉跄几步朝这边跑来。

葛浩成也从地上爬了起来，拦腰抱住还未跑出几步的葛宏发，两人又纠缠在一起。从远处看来，他们像一对亲热的兄弟，实际上，他们是想置对方于死地的仇敌。

葛宏发反手一推，将葛浩成推开，颤巍巍地站直身子，准备应对葛浩成的攻击。葛浩成却因为葛宏发这一推，失去了平衡，脚底一滑，双手在半空中无助地挥舞几下，竟然向悬崖下滑去。葛浩成惨叫一声，落入崖底，没了动静。

这时，界心鸣和路骏才赶到，他们来晚一步，两人趴在悬崖边，看到葛浩成躺在下面一动不动。

“我，我干了什么？”葛宏发似乎傻了一般，愣愣地说道，“他没事吧？”

两人闭口不言。

葛宏发只能亲自走到崖边，向下望了一眼，只见葛浩成浑身是血，一动不动地躺在崖底。

葛宏发身体一软，倒在了地上：“我刚刚只是自卫，你们要为我做证。我不想杀他的。”

界心鸣抓住他的肩膀，告诉他：“冷静一点，他可能还没死。”

“葛浩成，你听得到吗？回答一声。”路骏趴在山崖边上大喊，崖底没有任何回应。

路骏安慰道：“他可能晕过去了。”

“我下去看看吧。”界心鸣说道。

“太危险了，从这里到崖底有四层楼的高度吧。万一……”葛宏发说道。

“总不能把他丢在下面吧。”界心鸣让他们取来绳子，又就地取了一些树藤，把这些东西接在一起，一端系在自己腰间充当安全绳，一端让两人抓着，然后小心翼翼地沿着崖壁爬下去。

碎石窸窸窣窣地从他脚底落下，界心鸣用力抓住石头，慢慢地往下爬去。短短十多分钟，他觉得有半个世纪那么漫长。待他终于到达葛浩成身边，近距离看到葛浩成时，他的心如坠冰河之中。

葛浩成躺在地上浑身是血，头部有个凹进去的伤口，双眼无神地瞪着天空，身体微蜷着。界心鸣趴到葛浩成身边，确认葛浩成的呼吸已经停止，心脏也不再跳动。

“先把葛浩成拉上去吧。”界心鸣哑着嗓子说道，“他已经死了。”

闻言，葛宏发跪倒在崖边，低着头满脸愧疚，他仍然不敢相信自己失手杀了葛浩成。

界心鸣爬上了悬崖，问葛宏发道：“你怎么和他打起来了？”

葛宏发躲开界心鸣的目光，拧着眉头说道：“他一直说要丢下周忍冬，我在劝他，然后他就和我吵了起来。从一开始我提议靠腿走出去，到多年前和我的矛盾，他的愤怒一股脑儿爆发出来，说是我害了他，他一定要先杀了我。”

葛浩成和葛宏发的冲突，一部分是由于葛宏发提错了建议，把他们引到死路，大部分还是因为他们过去的矛盾。

“你们之间究竟发生过什么？”界心鸣问道。

他曾经问过葛浩成这个问题，但葛浩成没有细谈，似乎不想提及。

葛宏发犹豫了一会儿，坦然道：“还不是因为钱的事情。由于白水矿衰败，我和他分道扬镳了。我借了一笔钱，开始做起了木材生意。当时我也是摸着石头过河，心里没有半点谱，所以没有带上他。他见我生意有了起色，便也学我的样子开始做起了小买卖，但他的运气没我那么好，很快就陷入了亏空。”

界心鸣问：“所以他找你借钱了吗？”

葛宏发点了点头，满是痛苦地说道：“那个时候，我自己手头也不宽裕，只借了一点。他生意失败，背上一笔外债，跑到外地做工程去了。”

“你们的关系也因为这件事彻底毁了吗？”界心鸣问道。

葛宏发无奈地点头。

界心鸣叹息道：“唉，你们的事情以后再说吧。我会盯着你去公安局自首，不过我也会为你做证，证明你只是自卫，无意杀他。”

“现在说这些都太早了。”路骏提醒他们道，“如果我们逃不出去，那就得为他陪葬，打起精神来，回去休整下，准备上路吧。”

等他们回到木屋，发现菜汤已经煮熟，王传明却消失不见了。屋前屋后都不见王传明这个人，他们喊了几声，也不见回应。

“我去找他。”界心鸣说道。

“别找了，门口的柴刀也不见了。王传明抛下我们先走了。”葛宏发点破真相。

他们发现，木屋地上划了两个字——“再见”。

“这个该死的懦夫。”路骏涨红了双眼，憋出一口浓痰，狠狠吐向门外。

“好了，大家再来选吧。”葛宏发轻声说道，“要想追上王传明的话，我们就只能丢下周——”

界心鸣仍不愿放弃：“我们还是可以带上她的——”

路骏打断界心鸣：“不要再骗自己了，那样根本来不及。我也不想去找王传明。”

“我已经受够杀人这种事了。”说这话时，葛宏发双目无神地看着自己的双手，随着这些事情一件又一件地发生，他的心态也崩溃了，“我要留下来，你们呢？”他觉得就算继续前进也没有足够的时间，干脆放弃了。

路骏一咬牙说道：“行，我也留下来，要死一起死，还能体面点。我也不想再逃跑了，这种事一生有一次，也足够了。我已经受够苦了。”他做不出前脚还在痛骂王传明，后脚就丢下周忍冬逃跑的事情。

葛宏发问界心鸣：“那你呢？”

界心鸣点了点头，说道：“我也同意。”

“那好，你留在这里照顾周忍冬，我们去造船。”葛宏发说道。

路骏质疑道：“船？你知道那是多大的水吗，是能把山都淹没的大水。”

“总得试试，不能真的待在这里等死。”葛宏发说道，“我们处在山谷，水来时，山体会挡住大部分冲力，让这里的水位上涨能稍缓一些，万一能活下去呢？”

“万一”这个词激起了他们的希望。

“这里有工具，我之前在另一间木屋里发现了一柄斧头，船可能造不出来，但应该可以扎只大筏子。”葛宏发说道。或许这只木筏可以充当他们的挪亚方舟，帮助他们逃离死神的镰刀。

三人分了菜汤，汤里还放了蛇肉，这让菜汤的味道稍微好了一点。界心鸣的碗里躺着一截蛇尾，他嚼了一会儿，直到嚼没了味道，才把骨渣吐掉。他们吃完后各自散开，做自己的事去了。周忍冬还在昏睡，没有醒来的迹象。

界心鸣开始思索，如果木筏计划失败，他们都会死在这里，那么杀害林盼盼的凶手和把他们逼到这一绝境的幕后黑手又该怎么办？他们几人的离奇故事只能被埋葬在茫茫水底吗？

——不，绝对不行。

也许惨剧发生后，会有人从他们的尸体上猜测出零星真相，可这不够，人的死亡绝不能被敷衍对待。

路骏给界心鸣的钢笔虽然已经被他砸坏，但将就着还能写字；虽然没有纸，但可以把字写在布上。界心鸣趴在床边，开始写他的遗书。从林盼盼的死讲到现在，然后把遗书塞到塑料瓶中封起来，等大水一来，塑料瓶就会成为漂流瓶，等日后被有缘人捡起，或许，真相也能等来被揭开的一刻吧。

遗书还未写完，周忍冬醒了过来。现在的她浑身浮肿，五官都挤在一起，看不出脸上的表情。

界心鸣见周忍冬睁开了眼睛，急忙问道："你还好吗，要喝点水吗？"

"不了。"由于浮肿，周忍冬说话都有些含混不清，"我有话要说。"

"我去把其他人都叫过来吧。"界心鸣说道。

周忍冬费力地问道："王传明呢？"

界心鸣考虑再三，最后还是决定实话实说：“他已经走了。”

光这五个字，周忍冬就明白自己被抛弃的事实。两行清泪顺着她的面颊流下。界心鸣想，周忍冬心中大概有一种错付情衷的感觉吧。虽然他们当年没走到最后，但王传明在周忍冬心中还是个特殊的人。

“我还以为自己在做梦了，原来都是真的，谢谢你，谢谢你没有丢下我。”周忍冬向界心鸣道谢。如果没有界心鸣，周忍冬极有可能已经被丢在树林里自生自灭了。

“别听他们乱说，你姐姐是个好姐姐。”周忍冬对界心鸣说道，“关于你姐姐的死，对不起，你去翻我的钱包吧，里面有你想要的答案。”

界心鸣还想继续问清楚整件事，但周忍冬脑袋一歪，又昏迷了过去。他摸出周忍冬的钱包，发现里面除了身份证和几个钢镚儿外，还夹着一张纸片，看起来已经有些年头了，上面写着一段话。

我们的事该做决定了，今晚9点就在矿区工棚，我们好好谈谈。

这是什么？“今晚”指的是十三年前的那个晚上吗？“我们”又是谁，周忍冬和林盼盼吗？不对，这笔迹，界心鸣有些眼熟，似乎是路骏的。

就在这时，外面突然响起一串闷雷声。界心鸣只觉心脏一颤，仿佛被闪电劈中一般，不由自主地停下手上的动作。

“怎么了？”界心鸣向外面问道。

“快出来，好像是大水要来了！”葛宏发回答他。

界心鸣把字条和写了大半的遗书一股脑儿塞进塑料瓶里，盖上盖子，抱着周忍冬跑出了门外。

“现在几点了？”界心鸣问道。

“四点十分了。”葛宏发说道，“大坝水库蓄水了。我们被骗了！”

蓄水提前了！葛宏发认为幕后黑手隐瞒了这个重要的消息。这导致他们全部都会被淹死在这儿！王传明八成也凶多吉少。无论他们做怎样的选择，结果都是一样的，幕后黑手就是想要他们死在这里。

外面正在下雨，雨水会让即将到来的大水更加凶猛。界心鸣向远处眺望，外面是地狱一般的景象：乌云下，无数飞虫和飞鸟不顾雨水，组成了一条黑线，正朝他们赶来。除了风雨声，他还能听到无数动物死前的哀嚎。在大水带来的危机下，每个生灵都在瑟瑟发抖。

在生物史上，由大水引发的灭绝并不少见，如卡尼期洪积事件，这使得对水的恐惧也被刻在了所有陆生动物的基因内。不少感官比人类敏锐的野兽也察觉到了这场浩劫，从林子里慌忙逃出，有最常见的山鸡、野兔、野猪……更远处还有黑黢黢的野兽，根本看不清模样。

界心鸣突然想到，如果幕后黑手正监视着他们，那他也难逃一死。

“别愣着，待会儿一定要牢牢抓紧木筏。”葛宏发提醒界心鸣道。

他们忙了几个小时，已经搭了一只木筏的架子出来，现在也只能靠这个半成品了。界心鸣先把周忍冬固定在木筏上，然后爬了上去。

“小心一点，第一波浪要来了。”葛宏发再次提醒。作为木筏的制作者，他自己也不知道这木筏能否支撑他们四人的体重，如果能，在大水中又能撑多久。

葛宏发话音刚落，水就到了他们跟前。

界心鸣小时候玩过用水冲蚂蚁窝的恶作剧，此刻，他觉得是自己的报应来了，现在他能体会到蚂蚁的痛苦与无助了。

大浪袭来，四周全是水，尽管山体和木屋阻挡了下水势，但这只临时扎成的木筏仅仅撑了十多秒就散架了。在大水中，会不会游泳没什么不同，水流像淤泥一样把界心鸣缠住了。

界心鸣觉得自己就像一只落到了粘蝇板上的苍蝇，根本挣脱不了水流的束缚。他刚想把脑袋伸出水面，就有一只无形的手把他按回水下。反复几次，界心鸣觉得自己的性命已经丢了一大半。

在喝了好几口脏水后，界心鸣终于呼吸到了空气，一块木筏的大碎片恰好漂到他身边。他用尽全部力气抓住了木筏，他看到另一端还有一人——路骏。

周忍冬和葛宏发已经不见了，可能已经葬身水底了吧。两人来不及说话，又一个浪头打来。路骏又落到了水中。

“对不起！”路骏大喊道。他的声音混着水声，界心鸣什么都没听到。

“你在说什么？”他问道。

“对不起，为这痛苦的一切！”路骏大声喊着。

随着又一个大浪袭来，路骏消失在了水中。然后是界心鸣，他也被水流冲离了木筏。无论怎么挣扎，他都离木筏越来越远，身体变得沉重，在湍急的水中慢慢下沉。

河水直接灌入肺部，刺激着他的呼吸道，瞬时体内脏水又从口、鼻等处呛出，肺部和其他器官都像起火一样痛苦无比，这个过程不断地重复，界心鸣甚至觉得自己死了会更好。就算他失去了求生意志，本能的反应也不会停止。他的肺还是会呼吸，希望得到新鲜空气；他的双手还是在乱刨，就算刨到了石块，翻开指甲盖，折断手指骨，也没有停止。他求生的过程充满了痛楚，这痛楚直至他死亡，沉入水底才停止。

随着最后一人沉入水底，一切都结束了，他们的故事似乎到此就告一段落。

不知谁口袋里的卡牌掉了出来，水面上漂浮着红的、黄的、绿的、黑的卡牌。远处，一个脏乎乎的塑料瓶顺着浪花在水中浮浮沉沉。

序号	姓名	相互关系	结局	票数
1	界心鸣	与其他人为友人	溺死	1
2	路骏	与其他人为友人	溺死	3
3	王传明	周忍冬前男友	失踪	1
4	葛浩成	葛宏发堂弟	坠崖死	0
5	葛宏发	葛浩成堂哥	溺死	1
6	周忍冬	王传明前女友	蛇毒、溺死	0

第七章

噩梦循环

《史记·秦始皇本纪》："山鬼固不过知一岁事也。"

《天保五年举秀才对策》："山鬼效灵，海神率职。"

《永嘉郡记》："安国县有山鬼，形体如人而一脚，裁长一尺许。好啖盐，伐木人盐辄偷将去。不甚畏人，人亦不敢犯，犯之即不利也。喜于山涧中取石蟹。"

《楚辞补注·山鬼》："《庄子》曰：'山有夔'。《淮南》曰：'山出嘄阳'，楚人所祠，岂此类乎？"

《淮南子·氾论训》高诱注云："山精也。人形，长大，面黑色，身有毛，若反踵，见人则笑。"

"救命！"

界心鸣猛地从梦中惊醒，他的内衣已经被汗水浸透了。

他第一次觉得带着霉味的空气是那么甘甜，他张大嘴肆意地深呼吸，梦里发生的事都太真实了，他不敢相信那只是个梦。

界心鸣想掀开被子去冲个凉，湿衣服贴在身上，让他浑身不舒服。

不对！

他回忆了下，发现噩梦里一切都是彩色的，而他以前做的梦都是黑白的。

界心鸣记得以前看过一份研究报告，说梦绝大部分都是黑白的，因为人脑里负责颜色的这一部分，很可能在睡眠当中是休息的，所以人都会在梦中失去色彩感。但也有例外，有少部分人能在睡梦中保留色彩感。

尽管界心鸣一次都没做过彩色梦，但有亲友在闲聊中透露过自己的梦是彩色的。

那是梦吗？

死亡的感觉太真实。

不是梦吗？

那他为什么会在这里，难不成天堂就是这个发霉的小房间吗？

界心鸣用力掐了下自己，很疼，虽然疼痛程度比不上肺部呛水，但也提醒他——他已经回到了现实当中。

正当他迷惑之际，鼻子又有了别扭的感觉，似乎有一只虫子在使劲地往他的鼻腔里钻，要钻入他的大脑。这种不适感让他觉得自己被缚在手术台上，而医生正在用什么奇怪的医疗器械，打开他的大脑。

界心鸣剧烈咳嗽起来。他按下床头灯的开关，抽出两张纸巾，捂着口鼻，咳了一会儿，在纸巾上咳出一片奇怪的薄膜，似乎是某种昆虫的翅膀。

这样的虫子，他似乎已经见过一次了。

一种不可名状的恐惧感牢牢地抓住了他，他觉得有个神秘的存在伸出无数的触手牢牢抓住了他。

界心鸣丢开纸巾，冲进厕所里。他没有呕吐，而是不停地用冷水洗脸，让自己更清醒一些。稍稍冷静下来后，他开始回忆之前自己都经历了些什么。

然后，他又看了一眼时间。

四点二十七分。

该死！一切都是一样的。

不，不对，这应该只是巧合。我没有死，我还活着。

是他神经质了，还是日有所思夜有所梦，他疲惫不堪的大脑真的构筑了这样真实、可怖的梦境？是为了提醒他前面存在危险？

人把各种常识、常理铸成一座山，这座山就是一个人认识世界的基石。对界心鸣而言，如果真的有死而复生这种事，那他的基石就彻底崩塌了。

界心鸣擦干净手，从随身的包里拿出那封匿名信，开始发愣。犹豫再三后，他还是简单梳洗，准备出门看看。

死亡的痛苦仿佛具有实体，还盘踞在界心鸣心底，那样无助绝望的痛苦，他实在不想再经历一次了。

界心鸣还是选择在六点钟下了楼。

前台的胖女人板着脸替他办理了退房手续。

旅馆老板的女儿正蹲在大厅喂鱼。

鱼缸里有四五条普通的观赏鱼，还有几条拇指大小、闪着蓝光和绿光的小杂鱼。那些鱼也都快死了，小女孩不会养鱼，她喂得太多了。

到这里为止，一切都和他的梦境一样。

界心鸣记得看到鱼和小女孩后自己就揉搓着太阳穴，走到了外面。外面是大雾，缥缈的雾气笼罩着四周，让他看不清前路。

这个时候，旅馆老板应该出来和界心鸣说话了。

“没事，我们这儿常年有雾，等太阳出来晒一晒就好了。”老板的声音从背后响起，界心鸣内心一沉。

“我知道，我也是本地人。”界心鸣努力让自己镇定下来，开口回答。

“是外面赶来看蓄水的？”老板问道。

“我来这里看我老家最后一面。”界心鸣解释道。

“好大一片地方都要被淹了。不过以后用电就方便了。”老板说道，“距离蓄水还有四天。路都封死了。”

好像有什么地方不一样，这次老板没有拿出烟来，是因为界心鸣的表情或说的话有些不同吗？但他又不是超人，根本记不全四天前自己的一言一行。

界心鸣说道：“总有办法能进去。”

“一定要小心。”老板提醒他，“要及时出来。”

“这么大的水的话，山鬼也能被淹死吧。”

“什么？”老板问道。

“没什么，以前我老家闹过山鬼。”界心鸣说道。

老板说道：“你们那儿还真不容易，那些山鬼是该死了。”

界心鸣问道：“你们这里也有山鬼？”

“这才隔了几座山，隔了几里地啊，这一片都被山鬼祸害过。”

“你们的山鬼是什么样子的？”

老板摇了摇头说道：“我也没有见过，听老人说是比猴子大一点的怪物。凡是它吃过、碰过的东西，人只要接触就会生病，所以山鬼沾过的东西都要烧掉，见过山鬼的人都要去土地祠拜一拜，洗掉晦气。”

看来各地山鬼的传说还是有细微差别的。在这里，山鬼更像是疫鬼，会带来各种疾病。不过野生动物没有经过驯养和检疫，确实会带有各种病毒，比如蝙蝠、穿山甲之类就是这样。有些人以为这些野生动物很滋补，或者有什么特殊功用，把它们摆上餐桌，放进药罐，到头来赔上了自己和家人的性命。

怀揣着不安，界心鸣走进车里，发动了汽车。他这一路上，看到了废村，也看到了流浪狗。不安和恐慌在他的心里越发胀大，这种诡异感觉在他抵达白水村后，胀到了最高点。

梦里的白水村和现实中的白水村一模一样。

如果说旅馆发生的那些事情契合梦境，是因为界心鸣潜意识收集了情报，将推演出的场景对话反映在了梦里，那白水村就无法用这套理论解释了。

界心鸣离开白水村已经十三年，他根本不知道白水村后来的规划——哪里多了栋房子，哪里多了小路。但这些和他在梦里看到的一模一样，这已经不能算作巧合了。

界心鸣深吸一口气，把车停到学校门口。校门口已经停了两辆摩托，应该是王传明和路骏的。想起王传明，界心鸣心底就涌出一股怒火，他居然抛下其他人，选择一个人逃跑！

突然，引擎的轰鸣声传来，是周忍冬。

界心鸣赶过来，这次他不想被吓到，于是在拐角提前问出了声：“忍冬姐，是你吗？”

界心鸣记得，这个拐角后面是周忍冬家，他小时候还去过周忍冬家玩，他们几个人一起在周忍冬的房间里赶作业。

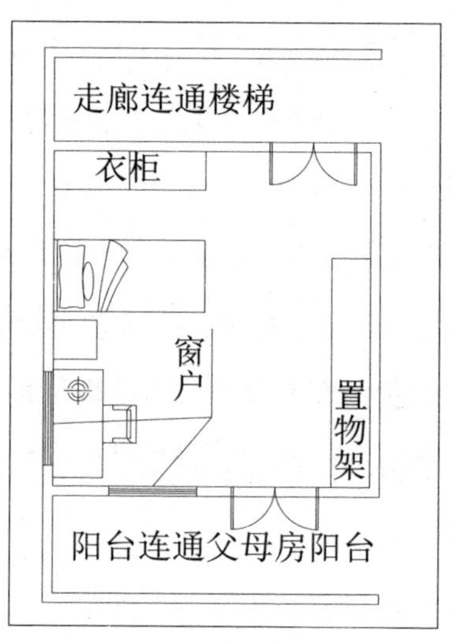

周忍冬房间示意图

“你是小界？”一个满脸是血的女人出现在界心鸣面前。

强装的镇定此时濒临崩塌，界心鸣的心彻底乱了。他开始怀疑自己究竟是谁，究竟在什么地方，为什么会遭遇类似恐怖小说的事情。

“你，你是……你是忍冬姐吗？”

“你吓到了？”周忍冬用手擦了擦脸，想要擦掉脸上的血迹，但它们已经凝固了，用手根本擦不掉。

“你怎么了？”界心鸣的声音微微颤抖。

周忍冬急忙解释：“我骑摩托不小心摔了一跤。”

界心鸣回过神来，将快要跳出体外的心脏按了回去：“忍冬姐，我车上有药，给你包扎下吧。”

周忍冬笑着说道：“你都开上车了，看来成大老板了呀。”

和梦里一样的调侃。

“你怎么一副要哭出来的表情？我没有恶意的。”

“我知道，刚刚只是眼里进沙子了。”界心鸣揉着眼睛，解释道。

看到活生生的、还知道开玩笑的周忍冬，界心鸣不由得有些激动。无论如何，他都决定这次要好好保护周忍冬。

周忍冬包扎完伤口，界心鸣就带着她去找其他两人。

界心鸣喊了几声：“有人吗？”

没人回应。界心鸣又喊了几声。

终于楼上有回应了。

“是小界吗？”是王传明的声音。

界心鸣不想搭理王传明，但是王传明在这个时间点还什么都没干，你总不能因为一个人还未犯下的罪行就惩罚他。

于是，界心鸣放下对他的不满，挤出一个笑脸，回答道："我和忍冬姐都在，你们在楼上逛旧教室吗？"

"对，你们也上来吧。"王传明说道，"我们一起逛逛。"

界心鸣就和周忍冬一起上了楼。

王传明和周忍冬相见，还是一样的尴尬。

在那个梦里，界心鸣到最后也不知道他们为何分手。尽管林盼盼和路骏算得上是他们那一代的金童玉女，但周忍冬和王传明也是令人瞩目的一对。

本来像他们这种村里的孩子，哪有什么恋爱，小时候穿着长辈衣服改出来的开裆裤，在外面帮长辈干活。女孩子稍大一点知道害羞，发现没了遮体的衣服，就只能躲在家里做些针线活。父母就会找来媒婆，问有哪些适婚的对象。两家人了解一下，看对眼后，一对年轻人的命运就这样被决定了。

幸好有了学校，小孩们不用漫山遍野地跑，彼此也多了接触的机会。也幸好多了煤矿，让白水村的村民都有了立足之本，可以考虑生存之外的东西。所以青春期的男女能整日待在学校里，而他们待在一起会发生什么，这就无须多说了。

不过从最后的表现来看，王传明和周忍冬分手，问题多半还是出在王传明身上。有可能是王传明抛弃了周忍冬，而周忍冬对他念念不忘。如果真的是这样，那界心鸣为周忍冬感到不值。

界心鸣一边等葛宏发到来，一边和他们又一次重温了教室。现实与梦境一致之处越来越多，界心鸣的心情也越来越沉重。如果按照这样的剧本继续下去，他们全都会死。

没过多久，外面果然响起了汽车喇叭声，葛宏发来了。

路骏看葛宏发车内只有一人，便问道："你堂弟浩成呢，他没来吗？"

葛宏发摇了摇头，语气冷淡地说道："我不知道他。"

界心鸣决定重复之前的步骤，开口问道："你没和他一起过来吗？"

葛宏发回答道："他都没有和我说过他要来。"

"想办法打个电话给他吧。"界心鸣说道。

葛宏发拿出手机看了一眼："这里没有信号，打不出去。"

王传明叹了口气："那就麻烦了。"

界心鸣早早转过了头，望着葛浩成可能会出现的方向。就在王传明说完这句话后，葛浩成出现在界心鸣的视野中。

"你们都围在一起干什么？走吧。"葛浩成冲他们打招呼。

"去什么地方？"王传明问道。

"去矿上啊。"葛浩成回答道，"上面有准备好的食物。"

众人交换了下眼神，跟在葛浩成身后，往矿上走去。

一亿五千万年前的侏罗纪地壳运动，给白水村带来了一笔宝藏，但只维持了十几年，昙花一现，曾经繁忙的矿区很快变成废墟。但在当时，白水村人以为自己挖到了宝山，能永远靠煤炭为生。

因此，白水村人在宝山上花了不少心思，白白浪费了不少钱。比如工棚东边堆着的通风设备，一整套都是德国产的。当时的厂家将这套设备吹得天花乱坠——具有故障报警、气体检测报警功能，能做到远程启停、定时启停等，出于安全考虑，还拥有断电自启功能。换句话说，这套设备是智能的，不但能对频率、启停时间做出设定，能及时报警，还能在意外断电来电的情况下第一时间启动，确保矿下安全。当时民营的中小煤矿，对煤矿的安全管理都没有足够的认识和重视，时常会出现事故，既伤人也伤矿，所以为了提升煤矿的档次，对安全设施的投资是必要的。

在厂家的三寸不烂之舌之下，白水村花大价钱购入了整套设备。实际上，这套设备并不适用于白水村煤矿。为了养活更多的村民，煤矿的人员配置其实是冗余的，所以设备智不智能其实完全没有关系。加上煤矿的矿洞没有大煤矿那么深和大，所以设备性能配得过高。而这种特殊设备又不好转卖，在煤矿停产后，这套通风设备被硬生生摆成了废铁。

六人走过那堆废弃的设备，黑乎乎的煤渣盖住原本锃亮的表面，像是在铁里生了根。

葛浩成说道："工棚里面有准备吃的，我们可以边吃边聊。"五人跟紧葛浩成的步伐走进工棚的仓库，里面已经被清理干净，地面上甚至铺了一块浅绿色的塑料布，有一个烤架、一箱啤酒和两桶纯净水，还有四个泡沫箱。

全部都一模一样，界心鸣不再怀疑。

"别愣着，开始吧。"葛浩成弯腰从箱子里拿出几瓶啤酒，依次咬掉了瓶盖。

"等等，大家先别喝。"界心鸣看着葛浩成，对他说道，"我现在要确认一件事，你必须如实告诉我。"

葛浩成有些吃惊："怎么了，你有些奇怪啊。"

"你是不是收到了一封信，信的落款人是我？"界心鸣问道。

"对，没错啊。"葛浩成点点头。

"我在信里让你帮忙招待其他人，还告诉了你这里准备了食材的事情。"

"对啊。"

界心鸣一脸严肃地说："好的，我现在要告诉你，那封信是假的，根本就不是我寄的。"

"什么？"葛浩成吃惊地叫了起来，"那会是谁叫我们来的呢？”

界心鸣扫过众人的脸：“我想这里没有人会承认吧。我再问大家一些问题吧。宏发哥，你是不是还讨厌吃香菇？”

葛宏发说道：“没错，我讨厌香菇的那股味道。”

界心鸣对葛宏发说道：“你是不是做起了木材生意，已经成了家，但家里没有孩子。”

“对。”

“王传明，你在煤矿关闭后找了一份货车司机的活儿，不跑长途，只在镇子间拉货；结过婚，但妻子因病去世了，也没有孩子。”

王传明点了点头。

界心鸣继续问下去：“忍冬姐，你是不是和老公一起开了一家小超市？”

周忍冬点点头。

“没想到你走得挺远，但把我们的底都摸得很清楚啊。”葛浩成的脸上挤出一丝笑容。

“浩成哥，你当了包工头，承接一些小项目吧？”

路骏则露出苦笑：“你倒是说说我在干什么。”

“你是水电公司的小职员。”界心鸣提高声音说道，“我没有调查过你们，也没向老乡打听过你们的近况，这都是你们在梦里告诉我的。”

界心鸣此话一出，惹得众人笑出了声，原先渐渐积累起的怀疑和不安一扫而空。

连周忍冬都忍不住说道：“好了，小界，你就别说笑了。”

“对，别玩了。”葛浩成举起了啤酒作势要喝。

“别喝，有药。”界心鸣连忙打掉葛浩成手里的啤酒，“可能是我的措辞有问题，但现在发生的这一切，我在梦里都经历过了。我们回到白水村聚会，结果找不到召集者是谁，就在我们相互怀疑之际，食物里的迷药药效发作，我们都被迷晕了。那个迷晕我们的幕后黑手拿走了我们所有的交通工具，说当年害死我姐姐的凶手就在我们中间，让我们在限定时间内找出真相，不然的话，水坝蓄水，我们都会被淹死。路骏，你收到的也是匿名信吧？信上说，想要知道林盼盼的死亡真相就来白水村参加聚会。”

“这点倒是没错。”路骏说道，“但你说的其他事情也太不正常了吧。怎么可能会有人做这种事情，有必要这样大费周章吗？”

“无论如何，再这样下去，我们都会落入幕后黑手的圈套。”界心鸣说道。

葛浩成露出一个怀疑的笑容：“那你说说我们最后怎么样

了，我死了吗？”

“对，你死了。你是掉下山崖不小心摔死的。”界心鸣隐瞒了他和葛宏发争执的事情，“而且我们所有人都死了，是被淹死的，因为我们没能在大坝蓄水前离开。”

王传明冷哼一声：“说的和真的一样，但你说说哪个正常人会相信你的这些话？”

“不信我也没有关系。”界心鸣妥协道，“只是今天的聚会必须取消，我们回附近的镇子上吧。我请你们吃火锅、吃烤鱼，怎么样？”只要他们离开白水村，界心鸣就能达到目的，救下他们所有人。

“我现在觉得你就是召集者，你到了白水村才发觉有问题，所以想把我们骗到其他地方去。”葛浩成说道。

“那我们可以去镇中心最繁华的地方，那里人多，就算我有坏心思，众目睽睽之下，我又能干出什么事情来呢？”界心鸣转过头看向周忍冬，用近乎哀求的声音说道，“忍冬姐，你会听我的吧？”

周忍冬往后退了一步：“对不起，你说的事情实在太匪夷所思了。”

面对故人的怀疑，界心鸣又回想起了溺水时痛苦的记忆。无论怎样，他绝不想再体验一次死亡。界心鸣干脆把心一横，咬牙说道："反正我要走了，你们要是觉得这里有问题，也赶紧离开吧。"

界心鸣一路小跑，气喘吁吁地从矿区跑回到了白水村，然后一头钻进了汽车。他坐在汽车上，迟迟没有发动，苦苦等了三十多分钟，正准备离开之际，终于有人从矿区下来了——是周忍冬。

至少忍冬姐不会让他失望！

周忍冬走到界心鸣的汽车边上，一脸关心地看着界心鸣。界心鸣摇下车窗玻璃，开口说道："我们走吧，我带你。"

周忍冬摇了摇头："不了，我骑摩托走。对了，我们也商量过了，在蓄水前偷偷溜回白水村确实太危险了，我们都会走的。"她说完这段话，却没有离去。

看到她这么一副欲言又止的样子，界心鸣问道："忍冬姐，你还有什么话要说吗？"

周忍冬柔声说道："小界，我们都是成年人了，有时候不能讳疾忌医，你可以去一些正规的大医院看看。"

原来他们把界心鸣当作精神病人了。界心鸣只能黑着脸，却又无奈地点了点头。比起解释清楚这件诡异的事情，还不如就让他们误会自己是精神病人，至少他救了五人的命。

界心鸣立马驱车离开了白水村，花了四个小时回到镇子，但他没有就此停下脚步。在归还了汽车后，他又打车前往火车站，从“黄牛”手中买到了当日的高价票。

他决定以最快的速度离开自己的故乡，远远离开这里，离死亡的记忆越远越好。

一路颠簸，加上开了八个多小时的车，界心鸣身心俱疲。坐上列车，他才舒出一口气。

摇晃的列车像晃晃悠悠的婴儿床，催人入睡。界心鸣躺在硬卧上随着列车晃动，困意袭来，他慢慢闭上双眼，进入了梦乡。

在梦里，他又一次回到了白水村，不过不是现在的白水村，而是童年时的白水村。那时，村民还没有在山上开荒时一锄头挖到煤矿，他们的房子也都还是低矮的小平房，一到下雨天，不少人家家里百川汇流。屋里到处摆着瓶瓶罐罐，所有电器、被褥都要用塑料布盖起来。

林盼盼会用筷子敲水杯，敲出小调来，带着界心鸣一起唱儿歌、山歌。多年以后，界心鸣还忘不了那简单动听的旋律。

后来煤矿被开发，白水村有了电视和收音机。林盼盼会给界心鸣讲故事，《安徒生童话》《格林童话》《一千零一夜》……有些故事，林盼盼也只听了半截，界心鸣又缠着林盼盼不肯放，她就会自己编出后面的内容。这导致界心鸣脑海中很多故事都是独一无二的，比如《白雪公主》。猎人带着白雪公主到了树林，白雪公主救了一个小男孩。猎人觉得白雪公主这么美丽善良的人不应该死，于是将她托付给自己的好朋友七个小矮人照顾。王后知道白雪公主没死，又找了她几次麻烦，但都被七个小矮人化解。最后王后喝药变成一只大老虎，埋伏在树林里准备咬死白雪公主，结果被猎人一枪打死。从此，白雪公主和猎人幸福快乐地生活在了一起……

场景忽然转换，他们都已长大成人。他看到林盼盼站在山上远眺，像一株孤单的野草，发丝随着山风飘扬。

界心鸣想要奔向她，但脚下的路似乎没有尽头，无论他怎么跑，也跑不到林盼盼身边。

林盼盼好像已经吹够了山风，转身往一个洞穴走去，那个洞穴和林盼盼葬身的矿洞一模一样。界心鸣眼睁睁看着林盼盼进入矿洞，消失在了黑暗中。

一个美梦演变成了噩梦。

而界心鸣终于也赶到山坡上，他站在矿洞边上向内呼喊，里面没有任何回应。界心鸣只能壮着胆子往矿洞内走去。黑暗深处有一双猛兽的眼睛，闪着骇人的红光。这双眼睛的主人似乎是从地狱爬出来的恶鬼。

界心鸣猛然惊醒。

一时间，他竟分不清是山鬼原本就在洞里，还是死去的林盼盼变成了山鬼，在那里徘徊。

那一刻，界心鸣隐约触摸到了自己内心深处的某种恐惧，那种恐惧来自一种被他视为无稽之谈的力量，他似乎有些理解了村民们当年的讳莫如深。

山鬼作祟，祟在人心。

界心鸣揉了把脸，强打起精神，询问列车员时间，得知自己已经睡了一天一夜，再有几个小时就会到达象城，换乘后就可以回迁江了。

他从包里翻出干粮，随便吃了点，填满了肚子。但不安仿佛成了挂在他脖子上的铃铛，只要他一动，势必会彰显自己的存在感。

终于回到迁江后，他发现自己心里的不安丝毫没有减少。他想离白水村远一点，再远一点，仿佛这样就能逃脱恐怖的命运。

他找了一条渔船出海，将自己放到了一座海岛上。旅途到了尽头，可心境仍未改变。这一刻，他突然明白了孙猴子怎么也逃不出如来佛手掌心的痛苦。

道路是有尽头的，无论躲到何处，逃到多远，人们内心的恐惧都将寸步不离。

今天应该就是水坝蓄水的日子了。今夜的海风很大，界心鸣在海边望着黑暗、深沉的大海，眼前黑乎乎一片，海和夜空合为一体，没有一丝星光，只有风声和浪声。

“小伙子，想什么呢？”有个本地的老人和界心鸣搭话。

“没什么，只是想在这里静一静。”

界心鸣看了一眼那个老人，黑暗中的他又矮又瘦，就像被海风吹干的腌鱼。

见界心鸣一副失魂落魄的模样，老人问道：“年轻人，你是怎么了？”

“我遇到事情了。”

“谁能不遇到事情。”老人说道。

界心鸣说道：“我好不容易才离开，可有人告诉我，我必须回去。”

“哎哟，不是什么好事吧？”老人问道。

“是的。”

“这件事情只能靠你解决？”

界心鸣思索片刻，无奈道：“可能只有我才能解决。”

“不要怪老人家的话不好听。”老人说道，“这次你躲开了，那下次呢？你躲不掉的。”

那一瞬间，界心鸣觉得自己仿佛被雷电劈中一般，身体内每个细胞都在这股力量下发颤。

“你躲不掉的。”

这是界心鸣不愿面对却又无法逃离的现实。不只是这场匪夷所思的穿越，还有十三年前的往事。

那个时候，界心鸣没有力量和勇气面对命案，所以他抛下林盼盼远远逃开；现在为了摆脱噩梦，又抛下自己的朋友。这么多年过去了，他没有一点成长。

就算后悔，现在也已经晚了，他不可能在一夜间再赶回白水村。界心鸣浑浑噩噩地回到酒店，坐在阳台上，喝着浓茶熬夜。

他来迁江县好多年了，但还没有来过海边。他疲于工作，少有闲暇能出去逛逛。他在散文中读到过令人神往的海上日出，此刻，他希望用一场海上日出涤荡自己内心的不安。

时间一分一秒地流逝，表针指向了午夜十二点。

突然，界心鸣感到头晕目眩，像是坐上速度很快的电梯，又像是太阳穴重重挨了一拳，失去了对自己身体的掌控权。

他瘫躺在地，一动也不能动，意识渐渐模糊。

第八章

不欢而散

过了不知道多久，界心鸣缓缓恢复了意识，身下的触感告诉他 —— 他再度回到了那个小旅馆。

这时他喉咙一痒，又开始咳嗽。他挣扎着开灯，咳出奇怪的东西。这只魔鬼一样的虫子似乎缠上了他的肺，再一次出现。

疼痛感和疲劳感那么真实，绝不是梦境中能模拟的。加上，小虫子、时间点这些细节都和之前两次的情况一致。不停地循环回同一天，不停地经历同一段时间，也就是说，他被困在了大坝蓄水前这几天。

从目前的情况推断，如果他在大坝蓄水那天午夜前意外死亡，他就会直接回到今天。他活到那天午夜也会回到今天重新开始。而且他只是意识回到了过去，不会造成肉体上的伤害。

这是一种变相的后悔药。他能回到白水村，改变众人死亡的结局。

就在这个时候，界心鸣下定了决心，这一次，他至少要带出其他人，然后再慢慢调查过去的案子，还林盼盼一个真相。

他早早地下楼，叫醒前台办理了退房手续。那个小姑娘可能还没起床，没在喂鱼。透明的玻璃鱼缸内，那些小鱼儿正在欢快地嬉戏，根本不知道自己被囚禁在这一方缸内，没有半点自由。

界心鸣不做半点停留，立即驱车赶往白水村。

在经过黑水川时，他还特意停下了车，钻到桥底下细心搜查了一番，结果他真的发现了炸药。桥梁损毁果然不是意外，幕后黑手等他们到齐后就会通过遥控器炸毁这座桥，确保能困住他们。

界心鸣不懂爆破技术，他只能拆下炸药包，丢入河内，让流水把这危险的东西带走。

然后，界心鸣继续前进，将车停在了白水村入口的位置。他倚着汽车等了没多久，就等到了第一个来客。

路骏骑着摩托风尘仆仆地赶来。界心鸣招手拦住了他。

“小界，是你呀？”路骏打招呼道，“我没想到你也会来，你一走都多少年了。”

“我虽然离开了白水村，但一刻也不能忘了我姐姐。”界心鸣瞥了路骏一眼，“我写信的时候，倒是怕你会不来。”

“那封信是你写的？”路骏惊道。

鉴于上一次的失败，界心鸣决定从一开始就假扮成聚会的召集者，名正言顺地把他们带离白水村这个绝地。

“除了我，谁还想找出当年的真相！”界心鸣提高了音量，“我怕用自己的身份给你写信，你会不敢来。”

路骏苦笑道：“那你可太小看我了。现在怎么办，你要再审审我吗？”

“我不光叫了你，等其他人都过来吧。”界心鸣说道。

他们又等了十来分钟，这次到的人是王传明。界心鸣压下对王传明的反感，和路骏一起欢迎了他。

“小界，好久没见！”王传明拍着界心鸣的肩膀，说道。

“我还怕你不来。”界心鸣笑着对王传明说道。

“我们这些人四散天涯，几乎没有再聚的机会，借着这个契机，也算是了了我的心事，我当然要来。”

“那今天我们一定不醉不归。”

见此，路骏彻底打消了怀疑，他相信界心鸣确实是本次聚会的召集者。

第三个到达的是周忍冬，和上次一样，界心鸣帮周忍冬处理了伤口。

第四个则是开着车过来的葛宏发。

五人聚在一起已经有说有笑起来。

眼见日头越来越大，王传明问界心鸣道："葛浩成呢，你没有请他吗？"

现在只有葛浩成还没有到。

界心鸣笑道："我只是看你们聊得火热，让你们多聊一会儿。浩成哥应该已经到了。我们去矿上找他吧。"

"你怎么知道他在矿上？"周忍冬问道。

"我让他在矿上帮点忙。"界心鸣说着，就带着他们往矿上走去。

葛浩成恰好从山上下来。界心鸣远远就看见葛浩成的身影。

"浩成哥，快过来。"界心鸣大声和他打招呼，"你来得正好，我们不用去矿上，你和我们直接走吧。"

葛浩成愣在了原地："我们去哪里？"

"去镇子上好好吃一顿，现在白水村什么东西都没有。"界心鸣说道，"不能好好招待你们。"

"但矿上已经有——"葛浩成还想接着说。

界心鸣打断葛浩成的话："计划赶不上变化，我们走吧。"

"可，可这也太浪费了。"葛浩成又说道。

界心鸣说道："反正都是我准备的东西。不过确实有些浪费，搬下来放到我的车上带走吧。"

王传明也搭腔道："今天是小界请客，我们就都听他的安排吧。”

众人又是一顿忙活，赶到镇子上时已是午后，饭点早就已经过了。界心鸣找了一家大饭店，又将食材搬进了饭店的后厨。不过这只是做戏，界心鸣偷偷嘱咐厨房把这些东西扔了，准备新的食材。他还不知道山鬼把药下在了什么地方，绝对不会冒险食用矿上的食材和酒水。

界心鸣点好菜回到包厢，发现众人还没落座，原来他们还在排座次。一般有正对大门的座位，正对大门一侧的右侧为主客，是贵宾位。因为王传明曾是组长，有人就让他坐贵宾位。可王传明说自己现在就是个司机，这个位置该让葛宏发坐，因为葛宏发是大老板。葛宏发还在推辞。不过看他的表情，他对王传明的这个行为应该是很满意的，脸上的笑意都快溢出来了。

“快，先落座吧，就快上菜了。”界心鸣催促道。

葛宏发也不再推辞，坐到了贵宾位上。葛浩成冷眼看着葛宏发，挑了一个离他最远的位子坐下了。界心鸣作为主人，为每个人倒酒。

“首先感谢你们都能赶来，为了我们的再会，先干一杯吧。”界心鸣说道。

众人将杯中酒一饮而尽。

界心鸣借着这杯酒把话说开：“今天不单纯是叙旧，我还想借着这次机会搞明白我姐姐的死，我想弄清楚她的死亡真相。”

界心鸣话一出口，桌上的氛围顿时冷了下来。

王传明说道：“当年不是都查清楚了吗，林盼盼是死于意外。”

“哪有这样的意外？”界心鸣说道，“我姐姐死得不明不白。”界心鸣说得悲痛，可葛宏发的肚子恰好咕咕地叫了起来。

“小界，你说得对。但事情已经过去这么久了，也不是一朝一夕能解决的。”葛宏发说道，“我们先休息一下，你这个主人不动筷子，我们也不好……”

界心鸣叹了一口气：“是我欠考虑了。”他招呼其他人先动筷子，然后试图在酒桌上让其他人再度开口。从葛宏发到王传明，除了周忍冬和路骏外，所有人一个个都来敬界心鸣，每次都和他碰杯，向他诉说对林盼盼的哀思和惋惜。

按他们这里的习俗，一旦碰杯就必须把杯中的酒喝干，一口气喝下去，还要倒过来让旁人看自己的杯干了。

在酒席上经常听到一句话，叫作“无三不成礼”，意思是喝酒必须成三，所谓“酒过三巡”也是这个意思。而所谓的“打三轮”，就是每个人轮着敬一个人三遍，或者让一个人轮着敬每个人三遍。

打过三轮后，不胜酒力的界心鸣已经有些发晕了。但酒精也打开了众人的话匣子，他们说起了当年的事情。

可都是废话！

这些东西，界心鸣在第一次循环的时候全都听过了。他需要新的线索和证词。

看看这些人都在干什么？

葛宏发在和王传明喝酒，两个人争相让自己的杯子低过对方，快都俯到地上去了。

葛浩成和周忍冬似乎自顾自地在喝闷酒，各有心事的模样。

界心鸣一股愤懑之气直冲脑门，正要发作，坐在对面的路骏抢先站了起来，一脚踢翻边上的椅子，怒道："你们根本就不关心林盼盼！她死了，你们从未想过找出真相！"路骏情绪激动，满脸通红。

"好了，好了，你先稳定下情绪。"葛宏发走过去，搂着路骏的胳膊，安抚道，"你喝多了。我让服务员给你倒杯水来。"

路骏没有接受葛宏发的好意，将他一把推开："我不用你假惺惺的。"

王传明急着说道："林盼盼的事，你有什么资格怪到我们头上。在这里，和她关系最密切的就是你和小界。小界去矿区找过林盼盼，算是出过力。你呢，你在林盼盼死的当晚一个人骑车走了，天知道你干什么去了。"

路骏闻言宛如一个泄了气的皮球，失了气势，颓然地抓起桌上的酒瓶，猛灌了几口。

“对啊，如果不是我要和她分手，她或许就不会死了。”路骏居然哭了。

不知为何，路骏说出这话后，王传明和周忍冬看他的眼神有些奇怪。尤其是周忍冬，她好像被路骏的情绪感染，也红了眼眶。

“为什么会这样，我们为什么会变成现在这副模样？”周忍冬说道。

眼看周忍冬情绪濒临失控，王传明连忙跑到她身边安慰她：“世事难料，当年我们分手也是无可奈何，其实都是我的错。是我没能陪在你身边。”

现场又乱成一团，饭店的工作人员也赶来，围在门口，生怕他们打起来。

这都是些什么事情啊！界心鸣不由得想到，这和他在迁江县参加的酒局一模一样，只不过是多了些爱恨。他们全都长大了，却没长成当初理想中的模样。

这一场酒从下午三点喝到了晚上七点。在酒精的影响下，六个人都有些迷糊。

最后，界心鸣向路骏讨要一支笔，他想要留下所有人的地址和电话，说是方便日后好联系。路骏帮着去前台要来了一支圆珠笔，然后冷冷地看着他写下那些信息。

界心鸣记得后来路骏酒气冲冲地对他说，光一顿酒能有什么用处，如果喝酒有用的话，我能喝出肝硬化。世情比你想的要复杂多了，你还是个被保护的小弟弟。有时候，我真的很羡慕你。你能走出大山，但我只能被拴在这里。你不必长大！林盼盼的死对我们所有人来说都是一块疤，你光靠吃吃喝喝就能把这块疤撕开，让伤口重新滴血吗？

那晚众人不欢而散。界心鸣浑浑噩噩地回到旅馆，路骏的话一直在他脑海盘旋不去。为什么林盼盼的死对他们而言都是伤疤？这背后到底发生过什么样的故事？他们向自己隐瞒了什么？

思绪在酒精的蒸熏下犹如乱糟糟的线团，在脑子里纠缠不断。界心鸣一下子瘫倒在床，陷入沉睡。

◐

他又失败了。

半夜，界心鸣从床上爬起来，到卫生间抱着马桶呕吐时，一股无力感笼罩着他。

他们虽然没有被困，也没有伤亡，但林盼盼的事没有任何进展，界心鸣依旧被困在循环里。

他走出卫生间，抓起一个烟灰缸往墙上砸去。烟灰缸落在地上发出一声巨响。这时，界心鸣才想起烟灰缸是自己下榻旅馆的东西，赶紧又捡了回来，幸好烟灰缸没碎。

界心鸣趴到床上，又陷入了熟睡。第二日快到中午，界心鸣才从宿醉中清醒过来，其他人都已经四散而去。他只知道他们大概的住址，只能从街坊邻居口中打听出他们的详细住址，结果只来得及找到葛宏发和王传明的住址。

界心鸣想用剩下的时间去拜访他们，但都碰了壁，根本没见到人。

界心鸣心里只剩下苦涩和痛苦，还有无处下手的迷茫。

第九章

致命误会

一切又重新开始。

界心鸣躺在小旅馆的床上，满脑子盘算着接下来的安排。他认为，只要揭开林盼盼死亡的真相，他就能终止循环，从这个时间的牢笼中逃脱。但在普通的情境下，他们五人不会吐露实情。

界心鸣有些明白幕后黑手的布置了，只有将他们投入绝地，才会逼着他们直面林盼盼的死。界心鸣甚至觉得他们这些人都与林盼盼的死有关，他们全是共犯。

界心鸣躺回到床上，开始梳理一些已知的线索，构思接下来的做法。

现在看来，第一次循环的走向是最合适的。界心鸣准备重复第一次循环的事情，只改动关键节点。

他照样在六点下楼吃早饭，碰到了前台的胖女人和正在喂鱼的小女孩。这次界心鸣告诉小女孩，她应该少喂点馒头，不然她的杂鱼早晚会死。然后，他和老板对话，在一片缥缈无际的山雾中发动汽车，赶往白水村。

白水村将成为界心鸣表演的舞台，这一次，他一定会解开所有的谜，让林盼盼能够安息。

这次，他经过黑水川的时候保留了炸药，确保他们不能走出去。

界心鸣到达白水村，王传明和路骏的摩托停在学校门口，他本想直接去找他们，但又想到周忍冬身上有伤，而只有他有急救用品，所以下车后还是顺着引擎声去找周忍冬。在周忍冬家附近的拐角，问道："忍冬姐，是你吗？"

"是小界吗？"满脸是血的周忍冬出现在界心鸣面前。

"你是在路上摔跤了吗？"界心鸣问道。

"嗯，对，对，我不小心摔了下。"周忍冬说道。

界心鸣邀请周忍冬："我车上有药，忍冬姐，你过来处理下伤口吧。"

"好的。"周忍冬点了点头。

和之前两次一样，周忍冬调侃了界心鸣的车，伤口处理完毕，他们两人一起进入学校。

"楼上有人吗？"界心鸣还是在楼下大喊。

路骏的声音传了下来："是小界吗？我们在楼上老教室里。"

“老教室有什么好看的，就一些桌椅和一截树枝，快下来吧。”界心鸣无奈地说道。

他已经看过两回了，有再多的情感也都抒发完了，他现在更想凑齐人进行调查。王传明和路骏结伴走下楼。

界心鸣问道：“你们是什么时候来的，怎么就走在一起了？”

王传明回答道：“就在半个小时前吧，我们半路碰到了。”

路骏补充道：“就在黑水川那边，你们又怎么会在一起？”

“我们是在村里碰到的。我原来打算先在村里逛逛，结果遇到小界，就和他一起来学校了。”周忍冬说道。

“那咱们班现在就剩下葛家兄弟了吧。”王传明说道，“他们两个一向拖拖拉拉的，上学时迟到早退，上工也一样，后来甚至还没到下工时间就不见踪影了。”

当年，王传明作为组长管着他们几人，因为葛家兄弟不守时的事情，还挨过几次批评。

王传明话音还未落下，村口就响起了汽车喇叭声，又有人来了。

“应该是葛宏发到了。”界心鸣向外张望。

他们看着一辆锃亮的桑塔纳沿着村路渐渐驶向他们，司机将车靠边停到了界心鸣车的边上。里面的人摇下车窗，向他们打招呼。

“好久不见。”葛宏发朝他们喊道。

正如界心鸣说的，来者正是葛宏发。王传明带着他们走到葛宏发车旁，他向车内望去，只看到葛宏发一个人，便开口问道：“葛浩成呢，他没有和你一起来吗？”

葛宏发摇了摇头，语气冷淡地说：“不知道，我又不和他同路。”

其他人见葛宏发这副样子，也都不再追问。界心鸣没有着急，他知道葛浩成早就在白水村，再过几分钟，就会出现在他们面前。界心鸣趁这个时间，好好打量着其他人。

之前三次，他就像一只被上紧了发条的青蛙不断地蹦跶，各种事情层出不穷，使得他没空停下来好好看看他的这些好朋友。毫无疑问，这些人当中存在杀害林盼盼的凶手，也存在将他们困在此地的幕后黑手。

但界心鸣仔细观察之后，发现他们都不像有如此手段和心机的样子。这些人都是平凡的普通人，原本高大的王传明，背已经有些佝偻了，可能和他长时间待在车座上，姿势不对有关。他的视力似乎也不太好了，失去了年轻时那种勇于奋进的神采。

周忍冬原本洁白光滑的皮肤变得黯淡无光，原来如丝绸般柔顺的长发，也粗粗地扎着，似一把枯草。她似乎只在初见界心鸣时才笑着调侃了几句，其余时候只是跟在别人身后附和几声。在之前两次的循环中，界心鸣印象最深的就是她的眼泪，这其中有惊恐的泪、无助的泪、被背叛后心痛的泪……界心鸣不知道什么样的生活会把一个人的性子都改了。

至于路骏，界心鸣记得他说过自己在水电公司工作，估计不是什么好工作，因为他注意到路骏的指甲缝内存有不少污垢。坐办公室的不干粗活，指甲缝是很干净的。路骏的这份工作要么是干粗活，要么一直在外跑。他的外貌没有多大变化，五官依旧俊俏，但眼角似乎向下耷拉了一些，使得他失去了一些精气神儿，就像山神庙中侍立在一旁的童子，笑容里没有多少笑意，不过是个没人味的泥偶。

葛宏发成了老板，有些发福，面色红润，看起来似乎是他们当中状态最好的，可头上已有不少白发，而且手指被香烟熏得发黄发黑，也许他私下有不少烦心事吧。

而他自己呢，时光从他身上走过，留下种种变化。是否在其他人眼里，那个只知道跟着姐姐到处跑的懦弱男孩也老了，被磨去了棱角，失去了青春活力……

这次在闲聊时，界心鸣有意收集了他们现在的具体住址。

“一、二、三、四……”葛浩成的声音响起，他点完了数，“人到齐了，我们走吧。”于是葛浩成又一次将他们带到矿区，准备去烧烤。

不过这次界心鸣先回到自己车上，背起了包。他已经把包里的食物和应急药品分成了两包，在路上，趁大家没注意，将一包物资丢到了草丛中。

他们经过矿区，吞噬林盼盼的那个矿洞还在那里。这个矿洞距离矿区不远，在东边不远处。由于矿洞较深，他们不方便填上，最后在上面盖了几块木板锁了起来。而今，矿已经彻底沦为废墟，木板腐朽，消失得无影无踪。

界心鸣原本想让他们放弃烧烤，直接开始调查林盼盼的死。但他想起之前失败的尝试，决定还是将计就计。

在他们烧烤的时候，界心鸣只用杯子喝了一些啤酒，因为他觉得迷药在啤酒里的可能性较小。总要赌一把，就算中了招，起码能确定迷药在酒里。

王传明招呼道："小界，你怎么不吃烧烤？"

界心鸣解释道："我最近肠胃不太舒服，对烧烤没有什么胃口。"

"那我在炭火里给你煨几个土豆吧。"周忍冬关心道。

界心鸣挥了挥手，拒绝道："我有馒头可以吃。"说着，他从包里拿出了干粮。

葛宏发也向界心鸣要了一些，他也说自己的胃不舒服，想要吃点主食。

几个人在吃喝的过程中又谈起了各自的遭遇。和之前说的一样，界心鸣没发现有何不同，看来他们这几次说的都是真话。

原先葛浩成和葛宏发有七成相似，但现在只剩下三成相似了。葛浩成的身材和十三年前一样清瘦，他不修边幅，胡子拉碴，鼻梁上架着一副眼镜，一只腿还是断的，用胶布缠好了，将就着用。他的指甲缝和路骏一样积了污垢，看起来他这个包工头生活也不怎么样。或许正是因为两人的差距太大，葛浩成才会恨上葛宏发，甚至在逃亡过程中，还会和葛宏发发生冲突，以至于惨死。

众人有说有笑之际，周忍冬突然栽倒在地。

葛宏发笑着说道："你没事吧，啤酒又没有后劲，怎么回事啊？"说完，他扶着额头缓缓坐到地上，变了脸色，不安地说道，"怎么回事，我也有点晕？"

剩下几人也纷纷倒地。看来界心鸣猜错了，迷药不在食物里，而是在酒里，开酒瓶的和分酒的人嫌疑较大。

界心鸣再度陷入昏迷，黑暗将他包裹，就像丝包住了蚕，大海裹住了鱼。他在黑暗中浮浮沉沉，不知道待了多久，终于可以挣扎着睁开眼睛。

界心鸣抬起眼皮，睁开一条缝，小心翼翼地转动脑袋。他发现自己不是第一个醒的——橙色毯子上面是空的，那里本该躺着路骏。他没有声张，而是继续装晕，偷偷寻找路骏的身影。他发现黑色箱子的位置处似乎有人影在动，但不敢转过头去确认，他害怕自己动作太大会惊动对方。大概过了二十来秒，那人从黑色箱子处回来，躺到了橙色毯子上。

刚才在黑色箱子处的人是路骏。

没想到幕后黑手居然是路骏！

界心鸣心想，自己可能错怪路骏了。林盼盼的死对路骏来说也是道跨不过去的坎儿，所以他才会在白水村被淹没前设了这个局。

界心鸣不打算揭穿路骏，反而会协助他，因为他们有同一个目的。他发出一声呻吟，翻了个身，装作自己刚醒的样子，慢慢坐起身子。路骏也起身，其他人此时也慢慢醒了过来。

王传明捂着脑袋说道："这是怎么回事，为什么有人对我们下药？"

葛宏发瞪着葛浩成，问道："你都给我们吃了什么？"

"我什么也不知道啊。"葛浩成满脸茫然，"这些食物是小界准备的啊。"

由于界心鸣表现的不同，每次循环里每个人的表现也会发生改变，原来这件事是在他们昏迷前爆出来的，这次改到了昏迷后。

界心鸣连忙辩解道："和我无关，我也是被别人约来的，根本不知道烧烤的事情。"

"这么说来，这封信不是你写的？"葛浩成问道。

"我绝对没有写过这样的信，应该是别人伪造的。"界心鸣继续说道，"我也收到了信，不过是匿名信。信上说，如果我想知道林盼盼死亡的真相，就到白水村来。"

葛浩成道："但我的信只说了老同学聚会。"

他们都明白过来——自己是被骗了，被骗到了危险的白水村。

"够了，我不想再在这里待下去了。"周忍冬冲出工棚，但不多久又急忙回来，她发现天上太阳的位置不对劲，"我们昏迷时应该是中午，现在是上午，也就是说，我们已经昏睡一夜了。我在外面还发现了食物和水。"她把压缩饼干和矿泉水放到地上。

"原来已经过去一整天了，怪不得这么饿。"葛浩成率先拆开包装，吃了起来。

界心鸣提醒道："别吃完，万一没有别的食物，我们能依靠的就只有压缩饼干了。"

葛宏发生气地说道："谁要吃什么饼干，早知道会出这样的事，我就不应该来。我要离开这儿！"

但他们都回不去，因为车钥匙不见了。葛宏发只能坐下来，他见葛浩成吃了饼干没事，于是也撕开一包吃了起来。

一切按照之前的行动进行，路骏找到了黑箱子，念出了指认规则，可他们都很抗拒。经过短暂的休息，他们回到白水村搜查了交通工具，可惜一无所获。

“要不我们直接走出去吧。”这次，界心鸣主动提出了这个建议。

葛宏发眼珠一转，在心里盘算起这个方案，他想了几遍，觉得存在这个可能性。这个方案就仿佛是他提出来的一样无比契合他的思维。他开口替大家简单计算了路程和时间，准备让大家去收集物资，和他一起踏上归途。

“不行，我觉得不可行。”界心鸣却开口否定了这个建议。

“为什么？这明明是你自己提出来的？”葛宏发不解。

“我觉得风险太大了，我们当中没有人在近几年走过这么远的山路，你知道我们在山上会遇到什么吗？毒蛇猛兽。”界心鸣说道。

“出去十多年别把自己的本都忘了，我们本来就是山民，还怕什么毒蛇猛兽。”葛宏发反驳道。

界心鸣说道：“我觉得你也小看了幕后黑手。他做了周密的计划，怎么会忽略这个细节。”

葛宏发冷冷道：“再残忍、细致的罪犯也是一个人，人会有疏忽很正常。就像有些考生觉得自己已经检查好了考卷，最后却忘了写姓名一样。”

界心鸣叹气道：“你说得有一点点道理，但考场上是忘写姓名的考生多，还是记得写姓名的考生多？如果我们要徒步离开这里，最快的途径就是走黑水川。万一黑水川上的桥出了问题，无论再折回来还是绕路，都要花不少时间，那时候我们可就陷入绝境了。你真的准备用我们的命去赌幕后黑手的一个失误吗？”

葛宏发被界心鸣问倒，没了声响。听界心鸣这样一说，他确实没有这个底气赌一把。

葛浩成见葛宏发吃瘪，仿佛忘了自己现在的处境，露出一个笑脸：“小界，你说我们该怎么办？”

界心鸣装出犹豫的样子，开口说道：“我觉得稳妥一点，我们来玩那个指认游戏，找出杀害林盼盼的凶手。”

“什么？”众人异口同声地问道。

“那我们不是中了那个人的下怀？”王传明有些不满地说道。

不光是他，余下所有人都不满。被逼着陷入绝地，被当成嫌疑人，任谁都不会开心。而幕后之人高高在上的姿态，让他们的逆反心理越加强烈。

“中了又有什么关系，我承认我有私心想要找出凶手。”界心鸣说道，“我们都是林盼盼的亲友，只要不是凶手，都希望能找出林盼盼死亡的真相吧？而且，我觉得自尊没有生命重要。”

葛浩成也说道：“找到凶手，我们也能离开，听起来没有问题。”

话说到这一步，他们只能开始讲述那一夜的事情。界心鸣仔细核对了他们所说的话，和第一次循环时一样，没发现有出入之处。

序号	姓名	时间 1	时间 2	时间 3
1	林盼盼	六点半回家	八点左右回到房间	次日凌晨一点到三点之间死亡
2	界心鸣	五点五十分回家	八点半回房睡觉，十点四十分左右起床	十一点十分到达矿上，十二点左右回到家
3	路骏	五点半下班	六点半离开家	次日零点三十分到姑父家
4	王传明	五点半下班	八点回到房间	
5	葛浩成	五点半下班	八点半开始看录像	十点回房睡觉
6	葛宏发	五点半下班	八点半开始看录像	十点睡觉
7	周忍冬	五点半下班	七点回房看书	九点半睡觉

接下来的情形和之前一样，他们相互攻击，没有得出结论。

界心鸣作为穿越者，或者说循环者，拥有更多的信息。比如第一次循环时，周忍冬拿出来的字条，还有路骏临死前的忏悔。如果光是重复之前的骂战，那永远不会得出真相。想必幕后黑手也没有料到会出现这种情况。

人哪，毕竟不是鸡，吆喝几声就能让它们回巢，撒一把米就能让它们斗起来，剪去翅膀上的长羽就能让它们老老实实地低头觅食。

界心鸣看着这幅混乱的场面，只觉得头疼。他准备投下一颗重磅炸弹来彻底搅浑骂战，炸出大鱼。

“我听人说你曾经提起你对不起林盼盼。”界心鸣指着路骏说道。

界心鸣捕捉到了路骏不经意流露出的一丝慌乱，看来路骏真的有事瞒着他们。

“你快说说这是怎么回事？”王传明问道。

“哪有什么事？”路骏矢口否认道，“我从来都没说过这样的话。”

“你可能没在清醒时说过。”界心鸣说道，“我记得你说的原话应该是‘对不起，为这痛苦的一切！’。”

界心鸣斩钉截铁的态度，让路骏自己泛起了嘀咕，难道他真的不小心说漏了嘴。然后，这句话传到了界心鸣耳朵里。

“你在说什么？”

“我绝对没有说过，就算……就算我说过，也是因为我对林盼盼有亏。”他的口风有些松动，“因为当年是我提出分手的，而她确实没有同意。”路骏说道。

所以，他们之间确实有过争吵。

“你为什么和她分手，难道就因为你的前途？”界心鸣问。他一步步发问，想引出接下来的话题。

“葛浩成他们应该听到了吧。”路骏说道。

葛浩成摇头道：“我就听到几句话，不太了解内情。王传明比我多听了一会儿，他可能会知道。”

王传明摇了摇头，立即说道：“我也没听全，不知道具体情况。”

“我之前说过了，我是为了我的前途。林盼盼家的情况你们也知道，他爸爸一直想招上门女婿，如果我要和她在一起，就必须入赘林家，尽管我们有了孩子后，会匀出一个孩子姓路。但林家的条件并不见得有多好，我家的条件当时也没多差。”路骏道。

界心鸣冷冷道：“正巧你姑父为你找来了好工作和好亲事，你就毫不犹豫地抛弃了林盼盼。”

爱情这东西看似一柄无坚不摧的宝剑，仿佛能刺破所有阻碍，但当最初的热血冷却，恋人们还是得直面血淋淋的现实，不少人只能选择妥协。

“不对，你甩了林盼盼，和她的死又有什么关系，她又不是死于自杀的。”界心鸣说道。

路骏说道：“我只是在回答你的上一个问题。我有时也会想，如果不是我提出分手，林盼盼可能就不会死。如果她注定会死于意外，我不那么早提出分手，也许就能免去她的痛苦。”

“你太虚伪了！”界心鸣指责道。

路骏冷笑一声：“人人都虚伪，哪个人没有阴暗面。如果我虚伪，你姐姐也虚伪，你知不知道——”

界心鸣打断了路骏的话：“我知道她没那么喜欢我，因为我是男孩、她是女孩。可这又有什么关系？在我眼里，她就是一个好姐姐，我不管她心里是怎么想的，我只知道她是怎么做的。”

路骏被界心鸣激起了火气，说出了他本不该说的事实。

“你真的知道吗？”路骏说道，“你还记得你被蜜蜂蜇伤的事吗？林盼盼告诉我，她知道你喜欢吃甜食，想吃蜂蜜，才装作无意把山上有野蜂蜜的事情告诉你的。她就想让你被野蜂蜇几口，教训下你，后来怕惹出大麻烦才又急急忙忙去救你。”

界心鸣有些不敢相信自己的耳朵，心中的美好回忆被路骏一席话摧毁，碎落一地。他被戳到了痛处，怒火如火山喷发一般一涌而出，无法遏制。

“既然你说了这样的话，我也说实话吧。你别想着转移话题了，我也有决定性的证据。林盼盼会去矿区完全是因为你。我不知道你用了什么办法可以让你赶到姑父家，是做个风筝飞过山腰，还是借来了汽车开过去，节省了时间。你那天夜里绝对在矿区。”

路骏也憋红了脸：“那你有证据吗？”

界心鸣大声说道：“忍冬姐，你把钱包给我一下。”

周忍冬面露不解：“你要我的钱包干什么，里面没什么东西。”

“给我就好了。”界心鸣说道，“我借来用一下。”

周忍冬递出了自己的钱包。

界心鸣打开钱包，周忍冬的证件和那几个钢镚儿都在里面，唯独不见那张字条。

“你把字条放哪儿去了？”界心鸣问周忍冬。

“什么字条？”周忍冬后退了一步，“我的钱包从来没有字条。”

界心鸣逼近周忍冬：“就是那张写着‘我们的事该做决定了，今晚 9 点就在矿区工棚，我们好好谈谈’的字条，是路骏的笔迹。我怀疑就是路骏约林盼盼的字条，不知道怎么落到了忍冬姐手上。但那张字条是存在的，我亲眼见过。”

王传明见界心鸣太过激动，怕他伤到周忍冬，便把她护在身后。

路骏继续红着脸对界心鸣说道：“你在说什么胡话？我没有写过字条。”

“忍冬姐，你快告诉他们。”界心鸣对周忍冬说道，“那张字条的事情。”

只是，界心鸣忘了一点，这个循环里的周忍冬还没和他经历磨难，她没有理由对界心鸣推心置腹，拿出证据。

周忍冬还是否认：“我不知道你在说什么。”

界心鸣心想，字条一定在周忍冬身上，如果不在钱包里，应该就在口袋之类的地方。

“让我搜搜。”他一把推开王传明，抓住了周忍冬。

周忍冬被他抓住手臂拖拉到他面前，发出一声尖叫，场面开始失控。她似乎被界心鸣抓疼了，一直在挣扎，试图甩掉界心鸣。界心鸣意识到自己可能不小心碰到了周忍冬的伤口。

这是另一个谜了——周忍冬身上的伤口是怎么来的？

王传明和葛宏发反应过来，立即冲到界心鸣身边架住了他。

“别发癔症了，冷静一下。”葛宏发说道。

界心鸣被扑倒在地：“相信我。我说的是真的。”

“哼，还相信你？”王传明说道，“我现在只相信你是那个召集者。”

“什么？”界心鸣没想到会是这样的走向。

葛宏发也说道：“你的行为的确很可疑，有不少疑点。”

他们都开始怀疑界心鸣了。

“不对，召集者应该是路骏，我亲眼看到他装晕。”界心鸣辩解道。

路骏摇头道：“你是疯了吧，如果我是幕后黑手，为什么还会被你怀疑是杀害林盼盼的凶手？当我被怀疑时，我还不如直接和你们说实话，告诉你们我就是召集者，让你们赶紧招认罪行。”

众人思来想去，觉得界心鸣是幕后黑手的可能性最大。

界心鸣还记得第一次循环时，葛宏发他们的意见就是直接找出幕后黑手，借此离开险地。界心鸣都能想象得到自己会被如何对待了。

更可怕的是，他身上确实有问题。他又一次感受到了自己的愚蠢。

一、幕后黑手千里迢迢给界心鸣投了匿名信。

二、幕后黑手会开车，界心鸣也会。

三、界心鸣有强烈的动机，他一直没有放下过林盼盼的死。

当时葛浩成替他说过话，界心鸣就拿出了那套说辞，但在现今的环境下收效甚微。而且他还有其他致命的疑点，此刻都被一个个提出来。

周忍冬问道："你之前没有和王传明、路骏见过面吧，为什么在没见到我之前就知道是我？"

"因为走到了你家附近，我下意识就猜到是你。"界心鸣解释道。

路骏也提出疑点："而且你没有上楼就知道有一截树枝伸进了教室里？唯一合理的解释是，你比我们来得都早，你在我们之前就已经逛过白水村了，知道我们余下的人是什么时候来的，来了又去了什么地方。你来得早就算了，但你隐瞒了这件事。"

植物会倾向于朝有光的地方生长，一截树枝会钻到光线暗淡的室内绝对是例外中的例外，只有亲眼见过的人才会知道。

界心鸣语塞，他确实无法解释这些事。他总不能告诉他们自己是穿越回来的吧。在第二次循环时他已经说过了，但他们都没相信这个解释，只会把他当成疯子。

"还有最重要的一点！"葛宏发说道，"你没有吃烧烤，全程只喝了啤酒。"

如果幕后黑手在烧烤里下了药，那他肯定不会吃烧烤。

"这个手法也太拙劣了，一眼就会被看穿。"界心鸣说道，

“你们真的觉得我有这么傻吗？”

“你在我们醒后一直建议我们查林盼盼的事，却一直没有提查幕后黑手的事情。为了逃离这里，揪出那个人才是最直接的法子。”葛宏发继续说道。

路骏甚至已经拿出了药水。

“别。”葛浩成制止路骏，“我们还是先听听小界怎么说，大家都是朋友，没必要搞到鱼死网破。”

“对，关于这些事情，我都可以解释。”界心鸣点点头说道。

但他们都不会相信界心鸣了，哪怕是周忍冬。或许周忍冬正是最怀疑界心鸣的那个人，因为她心里认定界心鸣偷偷调查过她，或者搜过她身，不然他怎么会知道字条的事情。

事已至此，界心鸣也放弃了解释。他小声嘀咕几句，王传明和葛宏发没有听清，下意识凑了过去。界心鸣把心一横，趁机一口狠狠咬住葛宏发的脸颊，葛宏发痛得不自觉松开了手。界心鸣重获自由，用力推开王传明，又把挡路的路骏一脚踹开，夺门而出。

“该死的！”界心鸣发现自己又搞砸了。

“快抓住他！我们靠他才能从这里出去。”

“别跑，如果你能说清楚就别跑啊！”

他们紧跟在后，界心鸣觉得自己就像被群狼追逐的小羊，一旦被抓就会被撕裂。

界心鸣脚下不停，拼命往前跑去，脑中还在寻思破局的办法，他甚至想到认下指控，然后强硬地要求他们找出真相。找到真相后，真的幕后黑手跳出来，他们就可以离开白水村了。还没等他想明白怎么操作，脚下突然一滑，直挺挺倒向一个矿洞中。葛宏发急忙伸出手，想要拉住界心鸣，但指尖只触到他的衣角，只能眼睁睁看着界心鸣跌落。

浑身是血的界心鸣姿势别扭地躺在矿洞底部，全身的骨头不知碎成了多少块，他的胸膛微微起伏，倔强的心肺似乎还在做最后的努力，想要继续维持这具残破的身体。这让他备感痛苦，直到两三分钟后，死亡彻底降临，才解放了他的灵魂。

他又体验了一种新的死法。

第十章

杀人犯

界心鸣甚至懒得发出呻吟了。

他依旧在旅馆醒来，抽了一张纸巾，捂住口鼻，等待着那只虫子。他不愿意再让虫子钻进自己肺部了。黑暗中，他感到有什么东西撕开纸巾，进入自己的鼻腔。

界心鸣一只手打开电灯，一只手继续用力地抠弄，丝毫不怕自己的鼻子出血。一阵剧痛，鼻腔内充盈着温热的液体。随着鼻血出来的还有那只虫子，只有豆子大小，浑身是血。界心鸣把它捏在指尖，想凑近看看是什么虫子，没想到它剧烈挣扎起来，瞬间逃离界心鸣的掌控。

一股莫名的愤怒在心中汹涌，他随手抓起一本缺页的破杂志，找准机会，将四处乱飞的虫子拍死在灰白的墙上。“啪”的一声，杂志掉落，恶心的黏液和他的血凝固在墙上，留下丑陋的痕迹。界心鸣感到一阵恶寒。

心头的怒火泄出，理智逐渐回归——现在是四点三十三分。

界心鸣反思之前的所作所为，发现自己可能弄错了很多事情。要查出真相，他必须打开突破口，搞明白这些人为什么不愿调查林盼盼之死。周忍冬的字条藏在何处，她为什么不愿意拿出来，总不可能周忍冬和路骏是合谋吧？路骏约出林盼盼，然后周忍冬杀了她？

界心鸣摇了摇头，这样的猜想他能想出无数个，最重要的还是线索。而他可以在这段时间内不断循环，这就给了他获得线索的机会。

于是，界心鸣做出了一个重要的决定。

他打算放弃这次循环，不再前往白水村，而是去他们现在的家附近，打听一下他们的近况，再找当年的老人询问他离开之后白水村又出过什么事。得益于之前的循环，界心鸣知道了他们现在的居住地点，找起来应该不会太困难。

他还是在六点钟下了楼，他让胖女人帮他办理了退房手续。小女孩在鱼缸前逗弄那些鱼，丝毫没有在意界心鸣。

这次界心鸣没有和老板对话，直接上了车，外面依旧是大雾。雾气从草丛、山石、泥土中升起来，好像一个白色恶灵，徘徊在此地，寻找安息之处。

雾气黏湿、寒冷，隔着厚重的雾看去，远处的群山像匍匐的怪物，街上亮起的惨黄色灯光，宛如巨蛇的怪眼。一切都失去鲜明的轮廓，在雾气中慢慢变形，就像坠入水中的盐块慢慢消解。

依据距离的远近，界心鸣驱车先去了路骏家。他把车停在镇子口不起眼的角落，步行前往。费了番功夫，问了好几个路人，界心鸣才找到自己的目的地。

路骏家在一条巷子底，巷子里的水泥地坑坑洼洼，似乎多年没有修整了，两边的砖缝中长满了野草，大门紧闭着。从外面看起来，路骏似乎是一个人独居。透过门缝，界心鸣只能看到里面黑黢黢的，角落似乎堆着杂物，墙上贴着破旧的电影海报，中央是一张旧桌子。看来，他的生活有些窘困。

界心鸣走出小巷，钻进附近的一家面铺。

“老板，给我来二两豌杂，加个荷包蛋。”界心鸣点单。

“好嘞。”一个套着白汗衫的老人应了一声。

早饭的时间已过，午饭时间还没有到，面铺正是最闲的时候，界心鸣的面很快就被老板端上来了。吃了两口面，他的汗水立刻从脑门冒了出来，老板的辣椒下得很足，将他身体里的湿气都逼了出来。

“是太辣了吗？”老板问道。

“辣的才舒服。”界心鸣不自觉地换下普通话，改用方言回答老板。他已经好久没有吃过这么辣的面了，直接粗暴的面好像一个拳头，将他心底的忧愁暂时击碎，让他感受到了久违的畅快感。

他吃完面，擦干脸上的汗水，又问道：“有凉虾吗？”

“凉虾没有，凉糕要吗？”

“来一碗吧。”界心鸣说道。

凉糕、凉虾都是本地常见的小吃，用大米浆制作而成。米浆通过漏勺，凝成一条一条的小段，因为看起来像小虾米，所以叫作凉虾；凉糕则是把米浆做成糕状。两者做法上大同小异，都是解渴降火的佳品。

界心鸣吞下一碗凉糕，压下嘴里的辣味，开口问道：“老板，我问个事情，路骏家你知道吗？”

老板回答道：“知道知道，他家就在巷子那边。”

能开一家老铺子做几十年邻里生意的人，知道的事情绝对不少，这也是界心鸣走进面铺的原因。

“我和他是老乡，原来也住在白水村，想来看看他。”界心鸣说道。

老板一拍手，提着茶壶，走到界心鸣桌前，替他倒了一杯麦茶，遗憾地说道：“那太不凑巧了，他今天早上很早就出去了，看架势一时半会儿回不来。”

界心鸣点了点头：“刚刚我也上他家看过了，人不在，门锁着呢。老板，我问你个事，你要是觉得不方便，不愿意说也没关系。”

“你问吧。”老板爽快地回答道。

“路家原先在我们村也算是个不错的人家，但我看现在他家……”剩下的话，界心鸣没有说出口。

老板会意，开始说道：“他们家就是运气太差。”

界心鸣见老板似乎有长篇大论，便递了根烟过去。

“他们路家搬来也有十年了，听说是想投奔亲戚的。”老板说道，“十多年前，路家攒了一些钱，加上路骏皮相不错，就由他们家一个亲戚牵线，搭上了水电公司的一个干部。干部家就一个娇生惯养的女儿，名声好像不太好。干部家又不想把女儿嫁出去，想招婿，但一直没有合适的人选，最后决定干脆物色一个身家清白、脑子好使的农村小伙，他们会为他解决工作问题，说白了，就是培养好了，日后接干部的班。说是入赘，但他们也约定好日后生了孩子，其中一个随路姓。”

当年路骏绝对是动心了，觉得这个条件比和林盼盼在一起要好，所以才会抛弃林盼盼。

“这事挺好的啊。”界心鸣嘴上说道，低下头喝茶，没让老板察觉到自己不悦的神色。

“好是好，不过也多磨。”老板继续说道，“当初干部和他女儿都看中路骏了，但路骏好像还不太乐意。”

“他为什么不乐意？”界心鸣追问道。

“不清楚，小年轻嘛，想法总要多一点。”老板吐出一口烟道，“据说路骏原来想拒绝，但在最后一刻改了主意，骑着摩托连夜来找亲戚，答应了这件事。”

“那他们家日子不可能过成这样啊？”界心鸣不解。

老板露出一个苦笑：“也许是因为老天爷觉得路骏心不诚吧，又把他的机缘收回去了。”

界心鸣追问道：“出了什么事？”

“干部出车祸死了，他女儿也跟着一个外地人跑了。”老板惋惜地说道，“本来一人得道，鸡犬升天，多好的事情，唉。”

“那他们家也不会落败成这样吧，再不济回白水村也行啊。”界心鸣说道。

“那句老话怎么说来着，福无双至，祸不单行。本来他家老子、儿子都去工厂做工，倒也能把家撑起来。可他老子偏偏生了病，听说是肺病。久病吞金啊，家里的钱花下去了，人最后也没了，最后他娘积劳成疾也走了。一家三口只剩下路骏一个人。”

“但我听说，他现在就在水电公司上班。”界心鸣说道。

老板叹气：“这就是最要命的，路骏被弄进了水电公司，本来是打算端铁饭碗的，可每年名额有限。他那个短命的老丈人先把他弄进去当临时工了，想着正式结婚后再把他转正。老丈人死了，最后也没结婚，他怎么转正？”

“这事情可真够复杂的，怎么和戏文里编的一样？”界心鸣想确认信息的真实性。

老板听界心鸣这句话，有些不高兴了：“谁有空编故事给你听，他们家这点事情早传出去了。就是路骏自己，喝醉酒之后也倒过苦水。”

界心鸣忙又递过去一根烟：“他又说过些什么？”

“大概就是说已经等了太多年，不知什么时候才到头，可又不想放弃。他才三十多岁，其实能去别的厂做工，可他就是不愿意，觉得自己已经等了这么久，要是放弃了，那十多年的工夫就白费了，所以还在做梦呢。外人劝他没有用，这事情必须得他自己看透。他现在就是个抄表员，跑东跑西的，风里来雨里去，事情又多又烦，工资又少。你说他的日子能好到哪里去？”

“唉，他没提过他以前的事吗？”界心鸣又问道。

“有，他好像还叫过一个姑娘的名字。”老板一拍脑袋，“就是我记不起来了，人老了就是这样，有时候话到嘴边都说不出来。”

“是不是叫林盼盼？”界心鸣说道。

“对，就是这个名字。”老板问道，“你怎么知道的？”

“我是他老乡啊，我当然知道。对了，他提起林盼盼都说过些什么？”界心鸣问道。

“说得最多的就是后悔，说后悔当年犯下的错。具体是什么错，他没有细说。”

“老板，我再问最后一个问题吧，前段时间，路骏出过远门吗？”

“应该没有吧。他早出晚归的，又不常和邻里往来，我还真不太清楚他有没有出过远门。我印象中应该是没有的。”

界心鸣付了钱，走出了面铺。

◐

下一个是王传明。

王传明和路骏不一样，他短暂地成过家，妻子去世后，就把父母接过来，和他一起住。

界心鸣上门前，特意买了点心和水果。

“叔叔，好久不见了。”界心鸣和王传明的父亲打招呼。

他父亲正在门口倒垃圾。

"你是？"王传明的父亲一开始没有认出界心鸣来。

"王叔叔，我是村里的小界，界心鸣啊。"界心鸣自我介绍道。

"哦，小界啊，是有十来年没见了，小孩子都长成大小伙子了，长高不少。"王叔叔立马露出笑容。从年龄上看，他应该是从小伙子长成了中年人，不过在长辈眼里，他们可能永远都是孩子。

"长大了，出息了。"王叔叔在他肩上重重地拍了两下。界心鸣也把礼物递给王叔叔。

"你看你来都来了，还破费什么，我赶紧让传明回来好好招待你这个老朋友。"王叔叔说道。王叔叔喊来了王阿姨，让王阿姨泡茶，端瓜子、水果。他自己给王传明打了个电话。

"传明好像出去送货了，要不你等一会儿吧。"王叔叔放下电话，对界心鸣说道。

"你看你好不容易来一趟，他就不在。"王阿姨说道，"要不你留下来吃了晚饭再走吧。"

"晚饭是一定要吃的，孩子他妈，你去菜市场买点好菜回来。"

"不了，叔叔，这都是我不好。我也是刚好出差经过这里，想着你们住在这儿就过来看看。事先也没给他打个电话，我待会儿就要回去了，晚上单位还有事情呢。”

“那真是太可惜了。”

“传明哥的工作老要在外面跑吗？”界心鸣问道。

“对，他就是个货车司机，不过跑得不远，最长也就一周来回。”王叔叔问道，“小界，你在哪儿上班？”

界心鸣如实说了。听完，王叔叔又夸了界心鸣一通，损了王传明几句，说他没什么出息。农村人的思想都比较单纯，对他们来说，只要坐进了办公室，就算是成功人士了。

“叔叔，我再问个事。”界心鸣问道，“传明哥好像没和忍冬姐在一起，这是怎么回事？”

提起这事，王叔叔也长叹了一口气：“他们年轻人的事，我也看不明白。当初，我们两家都开始商量他们两个的婚礼了，准备先办婚礼，等他们到了法定年龄再去扯证。但周家的姑娘也不知道是怎么回事，突然就不肯见传明了。传明天天跑去找她，都没用。到最后，他们的事只能黄了。”

“是在矿区出事前，还是之后？”界心鸣说的“出事”就是指林盼盼的死。

“应该在出事一个月后。”王叔叔说道，“怎么？两件事难道有关系吗？”

界心鸣摆了摆手：“没关系，我就是随口问一句。”

他们又寒暄了几句，界心鸣见自己已经待了快两个小时了，赶忙告辞。

他从王传明家出来，买了些包子当晚饭，然后在街边随便找了个小招待所住了进去，把今天一天查到的东西都记到了笔记本上。

虽然写下来的东西最后也会消失，但写的过程有助于界心鸣思考，给他带来不少启发，尤其是王传明和周忍冬的关系。他一直以为是王传明抛弃了周忍冬，但按王叔叔的说法，当年应该是周忍冬向王传明提的分手，反而是王传明想挽回这段感情。

写完之后，界心鸣丢下笔，躺到床上，看着陌生的天花板。现在这个时候，白水村的人应该都处在昏睡之中。不知道少了他，幕后黑手是否还会依照计划行事。如果没按计划，那他们就都会回家，这可能会对他的暗访造成阻碍，但一天时间实在太紧张，他根本跑不完五户人家。

第二天，界心鸣早早起床，赶往葛宏发家。

葛宏发白手起家，挣下一份家业，在附近算是个小名人，所以他家并不难找。界心鸣刚拐进村子，远远就看到了葛家的三层小洋楼。葛宏发还没有回家，估计是被困在白水村了。

葛宏发的家人接待了界心鸣，可能把界心鸣当作投靠葛宏发或者借钱的穷朋友了吧。他们并不像王叔叔那样热情，界心鸣旁敲侧击地问了不少问题。

情况和葛宏发告诉他们的基本一致。林盼盼死后一年，煤矿倒闭前两年，葛宏发向朋友借钱，开始做木材生意。他也赔过几次，但都缓了过来，最后获得了成功。

所有的成功都相似，只有失败各有各的特点。可能因为葛宏发获得了成功，所以没有要隐瞒的事，反而想把他的成功展示给其他人看。

下午，界心鸣成功找到了周忍冬家的小超市，但超市门关着，上面贴着一张纸，上面写着“店家有事外出，暂不营业”，是周忍冬的字迹。周忍冬是去白水村了，那他丈夫呢？难道也有急事出去了吗？

周忍冬家的小超市是自家房子，下面是店铺，上面就是住宅，他们一家平时就住在这里。

“你好，请问这里是周忍冬家吗，里面有人吗？”界心鸣用力拍了几下门，没有回应，看来里面真的没人。界心鸣只能跑到不远处一家五金店，和店主攀谈起来。他表明身份，说自己是周忍冬的远房亲戚，今天是来探亲的。

“那你来得不凑巧。”店主抽着烟说道，“他家的超市从昨天开始就关着，应该是出门了。”

“他们家生意怎么样？”界心鸣问道，“我看那家超市的装修好像不太好。”

“小超市嘛，就做附近的生意，招牌做得再漂亮也没用。”店主回答道，“我看他家也就刚过得去。”

看着五金店店主欲言又止的样子，界心鸣频频递烟：“你要有什么事就直说。”

“你亲戚的老公赵彬太不成器，他老子还在的时候，其实是做副食品生意的。结果老子一死，儿子守不住生意，又四处挥霍，最后才开了一家小超市维持生计。”

“男人没能力，守着小买卖也行。”界心鸣说道，“只要他对我姐真心好就行了。”

“哼。”店主似乎对赵彬这个人很不屑，“你真的不知道吗？”

“我离开这儿都十年了，真不知道我姐的近况。”界心鸣如实说道。

“赵彬这个男人别的本事没有，就会打老婆。”店主撇了撇嘴，“你是不知道赵彬这个人，就会窝里横，隔三岔五打老婆。有一次，你亲戚满脸是血逃到了大街上，赵彬打着赤膊抓住她的头发，不顾她大喊大叫，又把她拖回了家接着打。听说他们俩没有孩子，也是因为你亲戚他老公打的。”

界心鸣攥紧了拳头：“他真这样打我姐了？”

“半条街都看到了。”店主点了点头。

“你们就没人管这事吗？”界心鸣强压着火气说道。

“怎么没人，这事情一出来，大爷大妈都往赵家跑，劝赵彬不要打老婆，但是没有用啊。赵彬被说烦了，还砸人家窗玻璃。他就在大冬天拿砖头砸人家的窗玻璃，一换上就砸烂，西北风呼呼地往屋里灌，哪户人家受得了？你要是去找赵彬，他就是死活不认账，趁你不注意再把你新换上的玻璃给砸了。”店主说道，“这样一来就没人敢再管闲事了。不过他也知道收敛一些，不往你姐脸上招呼了。”

“这算什么收敛？”界心鸣气极反笑，“他就是怕有人来烦他吧。邻居没人能管，那派出所、妇联呢？他们该管这事啊。”

家暴，解释了周忍冬身上那些伤痕的由来。或许，周忍冬那一身的血就是被赵彬家暴打的，她趁白水村聚会，索性跑出了家门。

“派出所、妇联来了也没什么用，清官难断家务事。”店主说道，“老公打老婆，总不能把老公抓进去坐牢吧，就是不疼不痒的批评教育和签保证书。你说批评教育要是有用，哪来这么多罪犯。”

界心鸣抽出香烟点燃，狠狠抽了一口：“你说得对。但真的一点办法都没有吗？”

“警察、妇联前几次来还有用，他们来一次，赵彬就会消停一段时间。平头老百姓对穿制服的总有所敬畏。”店主说道，“后来赵彬发觉他们根本不能把他怎么样，胆子就大了，保证书什么的就是一张废纸。”

“所以没人治得了他？”界心鸣问道。

店主想了想，说道：“可能有两个人吧，一个是赵彬他老子，可惜已经死了。”

界心鸣问：“另一个呢？”

“和他老子在一起呢，阎罗王。”店主的冷笑话没能逗界心鸣发笑。

“你这里有汽车配件吗？”界心鸣说道，“车有些小毛病，我想修修。”

“有的，在里面靠西边的架子上。”

界心鸣挑了大大小小十多个部件、工具，去柜台结账，差点吓坏店主。

这些部件、工具价值不菲，界心鸣实际上要的只有里面的起子和撬棍。反正循环再开始时，他的钱就又回来了，因此，界心鸣根本不担心浪费的问题。他把东西放到车上，然后拿起起子和撬棍从另一边下车，溜到超市门前，开始撬门。

超市的门锁并不复杂，十分钟后，界心鸣得手，侧着身小心翼翼地溜入超市。

小超市的货架被塞得满满的，使原本不大的空间更显逼仄，空气中弥漫着奇怪的味道。界心鸣摸着墙找到了电灯开关，白炽灯闪了几下后照亮了整个房间，界心鸣这才看清超市内的情况。一个货架倒了，酱油和醋瓶倒在地上，所以室内才会有怪味。

货架不会无缘无故倒下来，四周散落的货物都证明这里曾发生过一场搏斗。界心鸣继续往里走，他发现楼梯口附近有个男人，男人穿着短袖衫趴在地上，地上是已经干涸的血迹。

界心鸣检查了下男人的身体，已经凉透，也出现了尸斑。由于在意林盼盼的死，界心鸣后来也有意了解过一些刑侦、法医知识。根据尸体的僵硬和尸斑的情况来判断，他应该是在昨天早上死亡的。那应该也是周忍冬出门的时候。

界心鸣屏住呼吸，把男尸翻了过来，比对墙上的合照，确定尸体是周忍冬的丈夫赵彬。赵彬腹部和胸部都有刀伤，背部也有瘀伤，柜台附近还躺着一把沾血的水果刀。他拿起水果刀仔细查看，粗略地比对了下伤口，推测这应该就是凶器。

界心鸣几乎能想象出案发的情景。那天周忍冬要出门参加聚会，赵彬不知为何又开始殴打周忍冬。周忍冬为了出门便奋起反抗，结果撞倒了货架。在反抗的过程中，周忍冬拿起水果刀刺伤了赵彬，赵彬重伤便想爬着离开这里。周忍冬去到楼上，拿起重物又往他背上砸了几下。见赵彬彻底不动了，周忍冬才回过神来，意识到自己杀了人，便连衣服都没换，写了字条贴在门上，锁好大门后，立即离开了这里。

骑摩托的时候，周忍冬戴着头盔，路人不会发现她脸上的血。此前，界心鸣也一直忽略了这个细节，如果周忍冬戴着头盔，那她头上就不应该受伤。所以周忍冬脸上的血应该不是路上的伤留下的。

突然，门外传来了动静："老赵，是你回来了吗？"有人在敲门。

该死的，听声音是那个五金店店主，他为什么这个时候会来小超市？是他问得太多了，还是他买的东西太可疑了，导致店主怀疑上自己了？界心鸣顿时乱了手脚。他没有见过赵彬，就算想模仿赵彬的声音赶走五金店店主也做不到。

五金店店主见叫门没有反应，居然直接推门走了进来，然后，他就看到超市内一片狼藉，赵彬倒在地上，而界心鸣手里拿着水果刀。

"你，你居然杀了赵彬！"五金店店主尖叫一声，大喊，"我没想到你会为了周忍冬杀赵彬。"

"等等，不是我杀的。我没有杀人。"

五金店店主根本不听界心鸣的话，转身跑了出去："快来人啊，抓杀人犯了！"

界心鸣百口莫辩，任谁见了这个场景，都会怀疑他是凶手。他已经拦不住五金店店主了，周围的人听到他的呼喊正在聚集。界心鸣匆忙跳上车，离开这个是非之地。

根据现场遗留的线索，警察应该能查到凶手是周忍冬，界心鸣大概只需蒙受几天的不白之冤。但他现在最缺时间，不能把剩余的时间浪费在派出所。

界心鸣急忙赶往葛浩成家，这五人当中就属葛浩成的家最难找。

葛浩成生意失败后，就卖掉原先的房子抵债，到外地讨生活去了。界心鸣先找了葛浩成的亲戚，他们都认识界心鸣。界心鸣就向他们打听葛浩成现在的住所。

葛浩成开始做工程之后就没有固定住所，不是住在工地，就是就近租房。界心鸣好不容易才从葛浩成的大伯父那里得知他现在租房的位置，陪老人聊天的功夫，他也打听了下葛家兄弟的矛盾。

老人也感慨葛浩成、葛宏发两兄弟际遇不同，人各有命。据他所说，葛宏发一开始是借过钱给葛浩成的，但葛浩成实在没有经商头脑，投多少都和打水漂一样，于是葛宏发便不再借钱了。葛宏发本想让葛浩成到他手下帮忙，但葛浩成已经因为葛宏发不肯借钱而记恨他，认为葛宏发太过自私，想压着他一辈子。葛宏发则认为葛浩成是狗咬吕洞宾，不识好人心，也不再搭理他，两人彻底交恶。

界心鸣见日头渐渐西斜，便辞别了老人，继续上路。他找到葛浩成家时，夜已经深了，近几天都是阴天，厚重的乌云遮盖了夜空，没有一丝星光能透下来，连月亮也只露出小小的一个角。

界心鸣考虑到自己现在已经是杀人嫌疑人，债多不怕压身，再多一条入室盗窃也没什么，于是又拿出撬棍，三下五除二解决了木门。

界心鸣推门而入，靠门的右手边有一根长长的晾衣绳，上面挂着不少衣架，也有不少衣服，以工作服居多，裤脚和袖子上满是石灰和油漆的痕迹，下面还堆了很多解放鞋。左手边是灶台，台上放着挂面，还有一个铝锅，调味料也只有最简单的盐、辣椒和醋。靠窗是葛浩成的书桌，上面有个笔记本，记的都是各种工程材料的支出和排班表，没有可疑之处。书桌上放了二十多本书，有什么《九阴九阳》《镜花缘》《潜水入门一百问》《气功大全》《射月英雄传》《水泥桩基础做法》《施工管理简要》《宝石工艺》《混凝土施工规范》……桌下有个垃圾桶，垃圾桶里有几页废纸和一支笔。房屋中间随意地放着安全帽、各种测量工具。最里面是葛浩成的床，被子叠得整整齐齐。

界心鸣准备待一会儿继续翻看时，外面又传来了脚步声，有人来了。

“葛浩成，你还知道回来啊？你要是再不交房租，我就把你的东西都丢出去了！”房东看到葛浩成的房间亮着灯，以为是葛浩成回来了，便急忙过来收租。

房东看到界心鸣时吓了一跳：“你是谁，怎么在我房子里？”他厉声问道。

界心鸣不想惹麻烦：“我是浩成哥的朋友，帮他来拿东西。他欠你多少房租，我先替他垫上吧。”

房东本来有些狐疑，但见界心鸣掏出了钱，便立刻说道：“一千。”

“我的现金也不够了，只有六百。”

房东一把夺过钞票，说道：“那就先收你这些吧，你一定要转告葛浩成，下个月一定要把房租补齐，不然他真的要被赶出去了。”

界心鸣连忙说道：“好的，好的，我一定转达。”

送走房东后，界心鸣又搜了一遍房间，没有什么收获。这里本来就是葛浩成的临时居所，没有留下更多的痕迹。他虚掩上门，驱车又回到了一开始住过的小旅馆办理了入住。次日一早，他去吃早饭，遇到了老板。

“咦，你之前是不是来过？”旅馆老板认出了他。

“对，前两天刚来过，去办了点事情，又回来住了。”界心鸣回答道。

界心鸣发现旅馆大厅鱼缸内的鱼又少了几条，观赏鱼只剩下一条了，小杂鱼倒是全活着。他顺嘴问道：“这些鱼是哪里来的？”

“观赏鱼是街上卖的，本来有十多条呢，死得差不多了。”老板指着鱼说道，“这种蓝色的小鱼是孩子的外公在老家河里捞到的，可惜她外公的老家也要被淹没了。客人，你对养鱼也有兴趣？”

“没有，我对养鱼没有兴趣，倒是想吃红烧鱼了。”界心鸣说道。

“要不你中午点一条鲫鱼吧。”老板建议道，“这个时候鲫鱼正肥，肚子里都是鱼子。”

“好啊，麻烦把鱼煎得焦一些。”界心鸣回房又待了一个上午，直到午饭时才出来。

他坐在餐桌前安静地享用自己的鱼。听到警笛声后，界心鸣赶紧多下了几筷子，扒开鱼肚，把鱼子都夹进嘴里。

一队警察冲进了旅馆饭厅：“界心鸣，你因为涉嫌杀害赵彬被捕了，举起手来，靠墙站好。”警察的效率还挺高的，这么快就找到界心鸣了。

“我有一个问题，你们只在有凶杀案时动作才这么快吗？”界心鸣慢慢离开餐桌，把烟叼在嘴上，举起双手。

“你要干什么？别乱动！”

界心鸣继续问道：“等一个女人从被害者变成杀人凶手，然后再来逮捕她？”

界心鸣将手伸进了裤兜，似乎在掏什么东西。

“老实待着，把手放到我们能看到的地方，不然我们就开枪了。”他们威胁道。

界心鸣没有理会他们的威胁，想把裤兜里的东西掏出来。

“乓！”

枪响了，子弹呼啸一声没入界心鸣的身体。界心鸣如同被电击一般，剧烈抖动身体，子弹巨大的动能将他打倒在地。一个塑料打火机掉落在地，悄无声息，还有他嘴里那没来得及点燃的香烟。

烟落到血泊中，迅速被血染透。

他又死了。

第十一章

命运

又是一个可怕的噩梦。界心鸣身处一条狭长的隧道中，背后有无数只潮湿、黏稠的怪手试图抓住他，在他身上留下一道道伤口。为了逃出去，他只能一刻不停地奔跑。

隧道的尽头有一个女人，浑身是血，用空洞的眼睛望着他，挥动着双手，像是在挣扎，又像是在呼救。她只是流泪，不说话。

界心鸣终于跑到女人面前，拉起女人的手想要带她离开噩梦，但她的身体如同长在这里一般，无法自由行动。她的眼泪落在界心鸣的手臂上，就像岩浆那样炙热，立马灼痛了他。

女人张大了嘴，似乎想对界心鸣说些什么，但她的舌头已被割去，只余下空荡荡的口腔。界心鸣在梦中发出一声呐喊，然后醒了过来。

现在是两点三十分，界心鸣比前几次醒得都要早。那只折磨他肺部的虫子还没有出现，他跑进厕所，用冷水洗了脸，顾不得洗漱，收拾好自己的东西，飞快地叫醒旅馆老板，办理了退房手续。

界心鸣啃着压缩饼干，发动汽车，冲进夜色中。他经历了好几次循环，每次都回到原点，这让他觉得自己像一条衔尾蛇，正在大口吞下自己的尾巴。

衔尾蛇这个流传至今的符号，形象为一条正在吞食自己尾巴的蛇。尾接头，头追尾，形成一个圆环，常常象征循环和重生。

此刻，他觉得自己就像一条被选中的蛇，一个独一无二的存在。每次重新开始，不是所有东西都会重置，存在他脑子里的记忆会保留下来，这就是他的“蛇尾”，他的美味佳肴。他吞下、消化它们后，就能获得力量，化身为龙，去揭开被众人掩盖的真相。

经过一路疾驰，五点三十分，他赶到了周忍冬的超市。透过门，他能听到男人愤怒的谩骂声和女人痛苦的呻吟声。

他赶上了！

“你还敢出去！说，那封信是哪个姘头写给你的？”

“还不说，你接到那封信后就魂不守舍。”

“你要去见谁？是王传明吗？”

男人的质问声中夹杂着拳打脚踢声。界心鸣又一次撬开超市的门，进去后，他看到赵彬在打周忍冬。如果要加一个形容词的话，他会加上“残忍”。

货架不是扭打中被撞倒的，而是赵彬将周忍冬摔出去撞倒的，赵彬几乎是抓到什么就拿什么往周忍冬身上招呼。周忍冬倒在地上，手边就是水果刀，她已经注意到刀子，准备握到手里了。眼见惨剧即将发生，界心鸣大脚踹开横在中间的货架，冲向赵彬。

界心鸣吃了美味的鱼，睡了一觉，虽然最后遭到枪击，做了噩梦，但还算是养足了精神。他把积攒的力气放在自己两个拳头上，左右开弓，打蒙了赵彬，然后又攒足了劲，狠狠朝他鼻子打了一拳。

界心鸣听说街头混混打架都喜欢打人鼻梁，因为只要打断鼻梁，鼻子就会不断出血，极具视觉冲击力，能吓退胆小者，而又不会有危险，于是界心鸣一拳接一拳地打在赵彬的鼻梁上。赵彬被界心鸣打趴在地，衣服被自己的鼻血染红了。

“忍冬姐，你没事吧？”界心鸣这才有空询问周忍冬。

周忍冬慢慢从地上爬起来，脸上满是泪水：“没事。”

“别哭了，帮我拿根绳子吧，我要把他捆起来。”界心鸣说道。

“这——”周忍冬有些犹豫。

“快点。”界心鸣催促道，“他要是缓过劲来，麻烦的就是我们了。”

周忍冬转身到杂物间给他拿来绳子。界心鸣把赵彬捆起来，吊在房梁上，又从货架上拿胶布封住了赵彬的嘴。料理好了赵彬，周忍冬问道：“你怎么知道我在这里？”

“你自己告诉我的。”界心鸣说道。

周忍冬不明所以。界心鸣接着说道：“你这里有药吗？要是没有，可以去我车上处理一下伤口。我们一起去白水村。”

“那他怎么办？”周忍冬指着赵彬，说道。

“就这样挂着吧。”要不是界心鸣想在这次循环中解决所有事情，他绝不会像现在这样轻易放过赵彬。

“剩下的事情，我待会儿在车上告诉你。”界心鸣说道。

界心鸣载上周忍冬前往白水村。他和周忍冬有很多话要说，周忍冬也有很多问题要问界心鸣，所幸路还很长，他们有足够的时间。

“忍冬姐，你收到信了吗？”界心鸣问。

周忍冬看着驾驶座上的界心鸣，问：“信不是你寄的吗？”

界心鸣说道：“不是我寄的，有人以我的名义寄给了其他人，约你们去白水村。我听到了赵彬的话，这和王传明又有什么关系？”

周忍冬犹豫了一下，最后还是说了实话：“我老公知道我曾经和王传明处过对象，看到有人约我去白水村，他就觉得一定是王传明。”

“那你呢？”

“我也想再见他，也想再见你们一面。”周忍冬说道，“我是不是很傻？”

“唉，感情的事，谁又能说谁傻。”界心鸣说道，“不过这次不是普通的聚会。你知道吗，我收到的信和你的不一样，写信的人说我到了白水村就能知道我姐是怎么死的。”界心鸣注意到周忍冬神色微变，“我希望你能帮我。”

“帮你什么？”周忍冬问道。

界心鸣说道：“帮我找出杀害我姐姐的凶手，找出写信的幕后黑手。”

“为什么你觉得我能帮你？”周忍冬轻声说道。

界心鸣诚恳道：“我知道你藏了东西。对不起，我不会伤害你，也不想伤害你，到如今，我只想知道真相。”

周忍冬犹豫了一下，说道：“如果你想要害我，只需要站在门口看他打我就可以了。你知道吗，那个时候我已经准备杀了他了。”

界心鸣用力地点了点头：“我知道。”

“我藏了一张字条。”周忍冬说道，“和林盼盼有关。”

界心鸣迟疑了下：“我也有些东西要告诉你，无论有多怪异，都请你相信我，我需要你的配合……”

周忍冬郑重地点了下头。

临近中午，两人抵达了萧索的白水村。

白水村的悲剧源于它的发展依靠单一的能源，当煤矿耗尽，白水村的消亡也就成了必然。白水村的事只是一个缩影，在全世界，各个资源地的衰落都无法避免。

这一次，界心鸣没有准备物资。只有找到真相，他才能逃离循环，否则一切都是徒劳。

界心鸣不打算贸然改变进程，所以他让周忍冬配合自己重复了之前的行为，他们一起到学校找王传明和路骏。但这次又有了新的变化，学校门口没有摩托，王传明和路骏似乎还没到达白水村。界心鸣低头看了一眼时间，他有些疑惑，这次他并没有早来多久。

周忍冬好奇地望着白水村，在她的记忆中，她已经有十来年没回过白水村了。界心鸣见周忍冬这副模样，便建议道：“要不然我们分头行动，我先找他们，你去别的地方逛逛？”

“可以吗？”

“当然可以，你一个人别走太远。”界心鸣叮嘱道。

界心鸣留在原地等其他人，周忍冬走进村里，打算去看看自家老宅和几户邻居的房子。白水村变化虽大，但这里每一寸土地都承载了他们的回忆。那是儿童到少年，再从少年到青年，黄金一般的回忆。人这一辈子最美好、最惬意的时光都在那儿了。

界心鸣抽完两根烟后，路骏骑着摩托出现了。经过多次循环，他对路骏的观感已经变了不少，但对路骏而言，这还是他十三年来第一次再见到界心鸣，所以两人还是有些尴尬，没有多说几句话。

五分钟后，王传明也到了，他把摩托停在校门口，和界心鸣他们打招呼。三人聊了几句，王传明一直若有所思地望着校舍，终于他建议道："要不我们上去看看吧。"

界心鸣虽然没有兴趣，但按照剧本，他还是陪着另外两人上了楼。王传明和路骏看着这些旧物件大发感慨，甚至连自己小时候被罚站多少次、罚抄多少字的事情都回忆起来了。

直到葛宏发的汽车喇叭声响起，界心鸣想起周忍冬还没有回来，他留下其他三人在那里聊天，自己去找周忍冬，但周忍冬并没有在她家老宅。界心鸣找了几个可能的地方，但都没有发现周忍冬。

山风在空荡荡的废屋间穿梭，界心鸣觉得自己的心被一只无形的大手拽住，有些慌乱。他马上找到王传明他们，告诉他们周忍冬失踪的事。其他人也怕周忍冬出事，立刻和界心鸣开始寻找起来。

白水村就只有这么大，周忍冬不可能迷路。十三年前，白水村附近就没有猛兽出现了，什么老虎、豹子，都只生活在老一辈人的故事中。界心鸣自己见过最凶猛的野兽，也就野猪而已。能威胁到周忍冬的，除了其他人，就只有传言中的怪物山鬼了。

“你们快过来！”是葛宏发在喊他们。

界心鸣赶紧跑过去，他赶到后，却没有看到周忍冬，只看到几个男人围着一口井站着。界心鸣冲到水井边上，看到井下正浮着一个黑乎乎的东西，散开的，就像一朵黑色的花开在水里。

那是周忍冬的脑袋，她的长发在水面上飘散开来。

“还等着干什么，我们快下去救她啊！”界心鸣说着，就想抓井绳下去。

王传明连忙拦住他：“你先等等。这根绳子都快烂了，路骏已经去找能用的绳子了。”用草绳做成的井绳已经腐朽，界心鸣一抓上去，碎屑就不断往下落。

井下的周忍冬一直没有反应，界心鸣也明白，此时下去恐怕只能捞尸体了。大概十多分钟后，路骏找来了绳子，他们几个人合力将周忍冬捞了起来。因为泡在井水里，周忍冬浑身冰凉，裸露的皮肤上又多了跌落时留下的剐痕，眼睛睁得又大又圆。

界心鸣回想之前的循环，周忍冬不是遭受家暴就是被蛇咬，难道她的命运无法改变，一定会在白水村出事吗？

界心鸣用力摇了摇头，时间都能倒流，他不相信自己会救不了周忍冬。他发誓要找出杀害周忍冬的凶手。这口水井在别人家的院子里，周忍冬应该不会无缘无故走进别人家院子，而且水井有近八十厘米高的井壁，她绝不会失足跌落水井。

经过多次循环，界心鸣确定白水村就只有他们几人，这就说明，杀害周忍冬的犯人就在他们当中。

现在出了命案，他们的聚会只能取消。葛宏发不想用他的车送周忍冬回去，界心鸣知道他是怕惹上死人晦气，不过界心鸣也不打算把周忍冬放到葛宏发的车上。他整理好周忍冬的遗容，把她放置在自己的副驾驶座上，仿佛来时那样。他就这样带着她回到了镇子。

这是周忍冬第一次这么早死，界心鸣怀疑是他的所作所为间接害死了周忍冬。

剩下的五人都作为嫌疑人接受了警方的审讯。界心鸣闯入赵家，绑住赵彬的事情被查了出来，但关于杀害周忍冬的凶手，警方还在调查，估计还需要几天才能查明。但界心鸣可没有时间了。

在看守所里，界心鸣再度完成循环。

第十二章

觉醒者

这一次界心鸣没有做梦，但他醒来时一看表，已经两点五十分，上一次是两点三十分，那次他将将来得及阻止赵彬的家暴。这意味着他有二十分钟的时间要赶，这次他甚至都没有办理退房，直接在房内留下房钱就跑了。

一路上，界心鸣不敢松油门，窗外的景色飞快消逝。界心鸣已经是第三遍走这条路了，对此，他有些松懈。

而松懈背后往往就藏着魔鬼，尽管他熟悉这条路，但他不知道路上究竟会出现什么，比如就在前面那个十字路口，一个黄色的身影突然出现。

界心鸣睡眠不足，又有心事，注意力并没有百分之百放在驾驶上，身影猛然出现在眼前，他猛打方向盘，可已经来不及了。

随着一声惨叫，界心鸣狠狠踩下刹车。“咚”的一声，他清楚地感觉到自己的车撞到了什么东西。他下车查看，发现前面七八米处躺着一条黄狗，奄奄一息地吐着舌头，看样子是活不成了。

这狗不像普通的农村土狗，界心鸣不养狗，也没了解过相关知识，但他能看出来这条狗应该是有品种的宠物狗。不过，谁会在早上五点放一条宠物狗出来?

界心鸣觉得这狗可能是被遗弃了，就当他调整好心态，准备上车继续前进时，一个老人出现在他的面前。

老人先是哭着扑向了宠物狗，见界心鸣要走，又拦住了界心鸣。从老人的哭喊中，界心鸣得知，他碾死的狗是老人养了三年的宠物狗。老年人睡眠不好，又迷信早上空气好，所以赶早出来遛狗，结果就碰到了界心鸣。

界心鸣自知理亏，便掏出钱包，一边安慰老人一边准备赔偿。但老人爱犬刚死，正在气头上，根本不愿接受界心鸣的道歉和赔偿，一直骂骂咧咧的，拉着界心鸣不肯松手。

界心鸣心急如焚，他低头看了眼自己的手表，十分钟过去了。他只能掰开老人干枯、鸡爪似的手指，把一沓钱硬塞到老人的口袋里，转身赶回车上。

老人把钱丢向界心鸣，纸币被风吹散，就像四散的落叶。

是啊，金钱买不到生命，也弥补不了悲伤。

老人见界心鸣想跑，竟然直接躺到了界心鸣车轮前，逼停了界心鸣。但界心鸣急需时间，难道一条狗的命是命，赵彬的命就不是命了吗？就算赵彬的命可以不管，但周忍冬是必须要管的。

想到这点，界心鸣再度下车。他蛮横地拖开老人，又装出一副凶神恶煞的模样，威胁了老人，将他恶狠狠地丢在了路边。老人似乎被他吓住，愣在路边，没再来阻拦界心鸣，界心鸣也趁机离开了事发现场。

界心鸣碾死了一只狗，又打了一个老人。他以前从未想到自己会做出如此恶劣的事情。这么多年来，他就算不是一个好人，也绝对算不上坏人，更没做过什么伤天害理的事。虽然他也唾弃这样的自己，可此刻他想不出别的办法，他无暇他顾。无奈中，他只能安慰自己，都是真凶的错，要不然，他也不会沦落到这种地步。

◐

界心鸣终于赶到超市，比之前晚了五分钟。有了之前的经验，界心鸣捡起路边的一块砖头，二话不说直接冲进了超市。

周忍冬正举着刀站在赵彬面前，很激动的样子。赵彬则一脸不屑地看着周忍冬。也许就是赵彬的这副样子激得周忍冬最后动手了吧，他不明白，兔子急了也会咬人，任何人都有血性。

界心鸣朝着周忍冬喊了一声“住手”，立马跑到赵彬面前，举起板砖拍中赵彬的脑门。

赵彬没想明白他们夫妻俩吵架，一个外人怎么会突然出现，又怎么会直接对他下手，所以他呆在了原地，没有任何反抗。赵彬软软地倒在了地上，宛如一摊臭泥。

“忍冬姐，你别怕，我来了。”界心鸣对周忍冬说道。

他照搬之前的说辞，取得了周忍冬的信任，然后载着周忍冬前往白水村。当然，他在路上也和周忍冬谈心，透露了之前循环的一些情况，不过他隐瞒了周忍冬坠井的事情。他害怕周忍冬因为此事不愿意跟他前往白水村，同时，他有信心这次能保护好周忍冬。

到达白水村后，界心鸣依然没在学校前看到那两辆摩托，但他这次没让周忍冬离开他的身边。他对周忍冬说道：“我们先等等他们吧，你就待在我身边，不要乱动。”

周忍冬道：“为什么？我还想出去看看。是不是之前发生过什么事？”

界心鸣不想把事情说得太明白：“这里比你想象的还要危险。”

“他们不都是我们的老朋友吗？”周忍冬不解地问。

“谁知道人皮之下都藏着什么。”界心鸣对周忍冬说道，“你就相信我一回吧，我不会骗你。”

如果没有界心鸣，自己现在已经是一个杀人凶手了。想到这一层，周忍冬点了点头，同意了界心鸣的安排。

一段时间之后，路骏骑着摩托到了。他下车后看到界心鸣和周忍冬，便走过来向他们打招呼。出于礼貌，界心鸣带着周忍冬出了汽车。但就是这个失误，让凶手钻了空子。

某个角落寒光一闪，一支箭破空而来。任谁也想不到，这个年代居然还有人用箭杀人，没人能在一瞬间做出反应。

等他们反应过来，周忍冬已经胸上插着一支箭矢，倒在地上了。

周忍冬睁着渐渐涣散的双眼，说不出话来，她只能用手指蘸了自己的血，在地上写着什么。由于垂死的关系，她只来得及在地上画了一个“一”。

生死之际，周忍冬要写的，一定是凶手的名字，但是除了界心鸣和路骏外，其他所有人的名字都是“一”起笔的。如果周忍冬能多撑一小会儿，凶手就能被揭穿了。只可惜现实当中没有“如果”。

当周忍冬被射中后，界心鸣抛下周忍冬，先跑向了箭射来的方向。从箭的样式上看，它不是弓箭，而是弩箭，弩无法快速连射。如果周忍冬不治身亡，界心鸣只要得知犯人是谁，在下次循环时就能做出防范措施，不至于像现在这般，敌在暗他在明，太被动了。

凶手应该藏在附近一栋小楼的楼顶，界心鸣焦急地四处搜寻，不料又一支箭倏然出现在他的视野中，朝他飞来。

界心鸣只是一个普通人，他眼睛能看得到箭的轨迹，身体却来不及反应。他调动全身的肌肉，尽可能地移动身体，让自己不像是傻乎乎地撞上飞箭似的。他的努力还是取得了效果。

弩箭没有射穿他的胸膛，而是直直射入了他的肩膀，留下一截箭尾在他体外颤动。

一种深入骨髓的疼痛瞬时席卷全身，压制了所有感官，界心鸣大脑一片空白。几秒后，他才渐渐恢复意识，忍着剧痛继续搜寻。可剧烈的疼痛还是影响了他的行动，等他赶到时，凶手已经逃之夭夭。

界心鸣至少排除了预设机关的可能性，凶手就在白水村。

没过多久，王传明也到了，他看到被吓傻了的路骏、受伤的界心鸣和死亡的周忍冬，当场愣在了原地。

然后一切又重演，他们带着周忍冬的尸体离开白水村报警，聚会再次泡汤，幕后黑手的计划无法实施。界心鸣由于肩膀受伤无法开车，只能坐在副驾驶座上，让王传明帮忙开车；周忍冬的尸体被安置在后座上。

他们进了派出所，作为嫌疑人等待调查。不过，界心鸣这次又多了一项肇事逃逸的罪名。

界心鸣躺在看守所的床上思考着白水村发生的事情。现在，他能够确定这个杀害周忍冬的家伙和他一样，也是一个循环者。循环者保留了记忆，才有可能做出偏离循环的事情，上一次周忍冬坠井应该也是这个人干的，他是在忌惮界心鸣，怕界心鸣保护周忍冬成功进入白水村参加聚会。

知道自己不再特殊，界心鸣有一点失落。无论如何也解释不了循环的他曾经想过，这或许是林盼盼对他的期待，期待他找到杀害自己的凶手，让自己安心离去。如今，当他知道还有其他人也保留了记忆时，此前的信心与使命感荡然无存。林盼盼将她的“恩赐”交给了其他人，她不再依靠界心鸣，也许是界心鸣的屡次失败让她失望了。与此同时，他也意识到自己不再拥有绝对的主动权，甚至变得被动起来。

这个循环者应该保留了界心鸣未参加的那次聚会的记忆。那次循环之前没有出过问题，周忍冬死亡的提前就是在那次循环之后。但这个循环者为什么要杀周忍冬呢？

界心鸣作为循环者，在经过两次循环后就明确了目的——找到杀害林盼盼的凶手，这也是他们聚集在白水村的目的。可保留了记忆的新循环者，却在循环开始后选择第一时间除掉周忍冬，而不是来找界心鸣商量对策，这属实奇怪，毕竟界心鸣此前的言行早已透露了其“觉醒”的信息。

问题还是出在界心鸣未参加聚会的那次循环上，当时一定发生了什么事情，让某个人留下记忆，将周忍冬视作敌人，所以才会在他们聚集之前想尽办法杀掉周忍冬。

界心鸣在思考，如果在一开始就去寻找杀害周忍冬的凶手，他就没有时间去阻止周忍冬杀死赵彬。如果自己不找到周忍冬并帮她制服赵彬，周忍冬就不会信任他，提供证据和证词。

这似乎无解。

不对！还是有解决办法的，界心鸣一拍脑袋，突然茅塞顿开：如果早到容易被攻击的话，那他们可以迟到。他带着周忍冬最后到场，凶手就没有可乘之机了。这次循环开启，他一定要早点醒来！

到了那天晚上，界心鸣在心底默念了一千次“醒来”，将这份执念根植在心底，瞪着眼睛等到午夜。

◐

那股诡异的眩晕感再度袭来，一恍神，界心鸣已经回到了小旅馆的房间内。界心鸣睁开眼睛，他成功了！

他和之前一样急忙赶去周忍冬家的超市。窗外景物飞逝，车内的界心鸣丝毫不敢懈怠，全神贯注地观察着路面状况，避免再次遭遇车祸。这次他安全、准时地到达了目的地。

界心鸣到时，赵彬还没和周忍冬发生争吵，于是他先撬开门锁等了一会儿，等到屋内争吵、打斗发生，界心鸣才赶在最恰当的时刻进入超市。

这次循环，他为赵彬准备了一根短棍。根本不由赵彬分说，一顿抽打，打得赵彬遍体鳞伤，惨叫连连。界心鸣见自己已经打得差不多了，才对着赵彬的脑袋一棍砸下，把他砸晕，并让周忍冬处理伤口。他自己从货架上找出绳子，将赵彬五花大绑起来。

“你怎么来了？”周忍冬问道。

“来接你去白水村。”界心鸣说道。

“那我们现在就出发？”

“不着急，我开了很久才赶过来，先休息一下吧，聚会不着急。”他优哉游哉地请周忍冬吃了早饭，自己点了一屉小笼包和一碗咸豆花，慢条斯理地吃了起来。

“我们不会迟到吗？”周忍冬早上遭遇过那么可怕的事情，根本没有胃口，只喝了一碗豆浆。界心鸣又在嘈杂的早餐铺和周忍冬讲述了一遍白水村的事情，向她寻求帮助。

八点半，界心鸣和周忍冬上车赶往白水村，他们只要在午餐烧烤时赶到应该就来得及。而那时其他人都已到达白水村，周忍冬可能会遇到的危险自然而然就能解除。由于即将蓄水，前往白水村的路都被清空了，路上只有界心鸣一辆车，他开得飞快。

突然，前面的岔路口出现了一个庞然大物。

一辆货车蹿了出来，它的车厢挡在界心鸣前进的方向上，停住不动了。

界心鸣下意识猛打方向盘，但车速太快，他刹不住车子，前面那辆货车就是想制造车祸，害死车上的人。他根本避无可避，连人带车打着滚翻下了山坡。

等界心鸣再次睁开眼时，他发现自己浑身上下有无数的伤口，鲜血如奔腾的小溪正不断往外流淌，整个人似乎都碎了。他吃力地扭头一看，只见周忍冬被变形的车体夹住了身体。碎掉的钢条刺入她的体内，夺走了她的生命。

界心鸣觉得自己也快了。明知死亡，却无力挽救，只能等着死亡来临，这是最恐怖的。而界心鸣已经经历过好几次这种恐怖了。他挣扎着想要爬出去，但四肢不听他的使唤，他已经失去了对身体的掌控。天知道他怎么了，也许是在下落的过程中摔断了脊椎。

鲜血流入他的双眼，洇红了整个眼球，外面的一切在他眼中都是鲜红一片。

有个人影出现在路边，向下张望。

界心鸣看到了他的脸。

他早该想到这个杀害周忍冬的嫌疑人是谁。弩属于管制类危险品，危险程度和猎枪不相上下。弩的射程大于弓，穿透力更强，而且更精准。这东西不太常见，一般人家根本不可能会有。

那时周忍冬也在和路骏说话，她的目光在路骏身上，根本不可能看到射手的模样，那她只能根据凶器来判断。他们当中有人私藏或者玩过弓弩，这个人瞒着其他人，只把这个秘密告诉过自己亲近的人。那么谁会把周忍冬视作亲近之人，周忍冬又会知道谁的秘密呢？

答案不言而喻，杀害周忍冬的人就是王传明。那张字条最后指向的不是路骏，而是王传明！

界心鸣想要开口，但他的肺已经像个破风箱，四处漏气，根本发不出声音。

王传明提了个桶往下倾倒透明的液体，那些液体都倒在界心鸣的车上。他将火种丢下，界心鸣四周立刻被火焰包围。

“不要怪我，我也只是为了活下去！”他大喊道。

随着大火，车上的两人必死无疑。而当蓄水开始，大水一来，所有痕迹都会消失。界心鸣有些庆幸他受了这么重的伤，撑不了多久。因为他听说被火烧死是最痛苦的一种死法。

界心鸣知道王传明不会善罢甘休，他已经走上了歧路，只会越陷越深。循环不是他逃避现实和无耻求生的工具。

我们下个循环再见吧!

界心鸣这样想着，合上了双眼。

◐

王传明趁着夜色起身。

现在还早，双亲习惯第一次鸡叫时起床。

他看了眼卧室里挂着的电子钟，显示屏上红色的数字显示着当前的年月日。

是的，他又回来了，不知为何，他陷入了诡异的循环之中，无论怎么做，他都会回到前往白水村的这一天。而且，没想到界心鸣和周忍冬居然凑到了一起，他绝不能让周忍冬到达白水村。

王传明麻利地穿好衣服，准备出门，上次的车祸肯定让界心鸣有所防范了，他必须再想个新法子。他也不知道这样的日子什么时候会结束，杀人可不是什么好活计。

王传明走到院子里，去推自己的摩托，发现墙角站着一个人，似乎在等他。

“你怎么知道我家的位置？”王传明大惊道，同时慢慢往家里挪动。

站在院子里的正是界心鸣。

“因为我和你是一样的人，你亲口告诉过我你家在这里，还邀请过我来你家做客。”界心鸣说道。

“不可能，我从未说过……”突然王传明张开了嘴，惊讶地看着界心鸣。

“你想明白了吗？我和你不是同时进入循环的。”界心鸣对他说道，“我比你早，经历的循环比你多。我不知道我没去白水村的那次循环里究竟发生了什么，但看你这副样子，我能猜出个大概。你做了什么事情，让周忍冬对你彻底失望。她拿出了什么证据，导致别人认为你就是杀害林盼盼的凶手，你被灌了农药死去，所以你知道自己能重来后决定先下手为强……”

王传明无奈地说道：“我也没办法，你知道那个农药是什么滋味吗？只一口，我就觉得自己的胃部到喉咙都在燃烧，我立马就砸碎了药瓶。我以为自己必死无疑，但上天又给了我一次机会，它让我活下去。”

“其他人就该死吗？”界心鸣冷冷道，“你可能忘了你浇汽油放火的事了。你只是胃到喉咙在燃烧，我和周忍冬可是全身被焚烧。这笔账我又该找谁去算？”

“谁让你们一直逼我？”

“上天给你这个机会不是用来做这种事情的。周忍冬已经死过四次了，循环也多次重启。你还没明白吗，你杀我们多少次都没有意义。”在循环中，界心鸣最大的变数就是王传明，所以他只能耐心地为王传明解释。

“因为这个循环的核心根本不在你，而在林盼盼，她要的是真相。你死后循环没有停止，正说明她认为你不是凶手。”

“不可能。”王传明摇了摇头。

“我不想讨论那晚你做了什么，也不想再和你多说什么。这次我不会带忍冬姐去白水村，你也可以有多远逃多远，但时间一到，一切都会重来。”界心鸣说道，“不管你相不相信，这就是不会改变的事实。”

“我会逃跑的。”王传明说道，“如果真如你所言，我又该怎么办？”

界心鸣转身离开王家，头都不回地说道：“配合我，循序渐进。就当作没有循环，你该怎么样就怎么样，只有这样，才能帮我的忙。

“你不会骗我？”王传明说道。

界心鸣冷笑道：“我骗你有什么好处？要不是被卷入这个事件当中，要不是需要真相，我还真的不想救你。”王传明的各种表现已经让界心鸣对他彻底失望了。等这件事结束后，他只想远离这个人。

界心鸣来见王传明，就说明他放弃了周忍冬。在这个循环里，周忍冬会被逼着杀死赵彬。尽管循环重置后，周忍冬不会记得这些事情，但界心鸣总感到痛苦，这是一种见死不救，他为自己的无能而痛苦。

第十三章

破局

界心鸣越来越习惯早起了，及时醒来，及时赶到，及时痛揍赵彬一顿。

看着身上有些轻伤的周忍冬，界心鸣用力地拥抱了她。

周忍冬莫名其妙被界心鸣救下，一连问了好几个问题，界心鸣都认真做了回答。和之前一样，他还是透露了一些真相，然后请周忍冬协助。周忍冬同意了。

一切终于步入正轨。他这条时光缝隙中的怪蛇，终于有机会吞下之前所有的尾巴。前面就是一场属于他的宴席。

界心鸣带着周忍冬来到白水村，这次他没有早来，也没有迟来，学校门口已经停了两辆摩托。他见周忍冬在车里一直往外张望，便说道：“要不要到村子里看看？”

“我看已经有人到了，我们不先和他们会合吗？”周忍冬问道。

“没关系，反正还有时间。”界心鸣将车开进村里，停在周忍冬家附近。他陪着周忍冬转了一圈后才回到学校，向二楼喊话。

王传明和路骏听到界心鸣的声音，问他要不要上来和他们一起看看老教室，界心鸣和周忍冬上到了二楼。王传明的表情有些不自然，但还是竭力装出之前没见过界心鸣的模样，同他对话。然后，他们四人又等到了葛宏发，与葛宏发交谈过后，葛浩成出现，带着他们踏过野草、碎石前往矿区烧烤。

葛浩成拿出啤酒，咬掉瓶盖，递给其他人："别愣着，还有食材要处理。今天让我们好好喝一顿吧。我已经迫不及待了。"

食物几乎都是半成品，只需要用矿泉水洗净，切好，用扦子穿上。他们颇有默契地边喝酒边处理食材。

界心鸣和周忍冬也重新做了介绍，谈了这几年的经历，当然，隐去了家庭暴力的部分。

这次界心鸣没有用杯子，而是直接对瓶喝。

"好了，为我们的重逢先干一杯吧。"葛浩成举起了啤酒。

界心鸣依旧觉得啤酒很难喝。这或许和基因有关，有人会觉得酒好喝，有人则觉得酒比药还难喝，这强求不来。

至于烤串，界心鸣一开始借口胃不舒服没有吃，直到被其他人劝了好多次，他才吃了三四根以素菜为主的串。

"别窝在这里，我们去外面逛逛吧。"葛浩成建议道。

王传明赞同道："我也想出去看看。"

众人提着啤酒，拿着四五串烤串走到工棚外面。矿区还遗留着一些采矿的工具，上面布满斑驳的锈痕，被藤蔓缠绕，似乎在山风中述说着过往的繁荣。他们都还记得采矿机器全开，矿区一片喧嚣的模样。满是疮痍的山体，有一部分正是他们亲手勘矿、挖矿造成的。

界心鸣一人信步来到林边，渐渐远离大部队。他看到远处的周忍冬在同葛宏发说话，正打算朝他们走去，突然被人从后面用手帕捂住了口鼻。

手帕带着一点奇怪的甜味，上面应该洒了乙醚。五六秒后，他感到眼皮越来越沉，最后失去了意识。

同之前一样，他们又在毯子上醒了过来。

界心鸣到外面走了一圈，带回来六份压缩饼干和矿泉水。

葛宏发依然叫嚣着要驾车离开这里，但他的车钥匙不见了。

路骏找到了黑箱子，也为大家念了指认规则。

他们回到白水村寻找交通工具，依旧无果。

这时，界心鸣还是主动提出步行离开白水村的建议，等葛宏发认为可行时，又主动否决了这个提议，然后和周忍冬相互配合，让大家开始调查林盼盼的死。尽管界心鸣依旧很可疑，但有了周忍冬替他做证，第一轮指认还是顺利展开了。

到这一步，所有发展都没有超出界心鸣的预料。他对自己很有信心，认为这次就可以终结循环。

虽然界心鸣不再怀疑路骏，但他为了合理引出下面的讨论，还是拿路骏开刀："我记得路骏你姑父是在三山镇吧，从白水村到三山镇是四个小时路程，但你多花了一个小时，这一个小时你去什么地方了？"

路骏急忙解释道："天太黑了，我只敢慢慢骑。"

"嘘。"葛浩成又提醒路骏，"轮到你了，你才能解释。"

界心鸣继续说道："而且我觉得能把林盼盼叫去矿区的，也只有你这个恋人。好了，我说完了。"

路骏说道："山路崎岖，我为了安全只能骑慢点，所以多花了一个小时。另外那个时候，我已经和林盼盼分手了，所以我也不能深夜把她约去矿区。这点王传明和葛浩成能为我证明，他们曾经撞见我和林盼盼争吵。"他看着界心鸣，眼中充满质疑，"我反而觉得你比较可疑，那天晚上明确到过矿区的只有你和林盼盼，而且你凌晨左右才离开矿区，与林盼盼的死亡时间最接近。其实林盼盼和你的关系，没有外人看来的那么好吧。所以我指认你，界心鸣。"

路骏一摊手，表示自己的话也说完了。

王传明看了一眼界心鸣，开口说道："我承认我和葛浩成撞见过他们争吵。可那天晚上我一直在家，什么也不知道。”

界心鸣听他们两人的话，嘴角不由得露出一丝冷笑。他早就从周忍冬那儿听到了真相，而王传明之前的表现也说明了一些问题，但到了现在，戏还是要演下去。

然后，葛家兄弟也结束了发言，说了看到亮光和看录像的事情。

周忍冬最后一个发言，她先承认自己看到过亮光，然后从口袋里拿出了一张泛黄的字条。

界心鸣遍寻不得的字条终于出现在众人面前。

原来，周忍冬出门时把她收藏了十三年的字条放到了裤子的暗袋里。第一次循环时，周忍冬觉得字条有用，便从暗袋里拿出来，放进了钱包，所以她临终前把钱包给了界心鸣。第四次循环时，界心鸣向周忍冬索要钱包但没能找到字条，是因为字条还在周忍冬的暗袋里。

字条上是路骏的笔迹：我们的事该做决定了，今晚 9 点就在矿区工棚，我们好好谈谈。

当周忍冬拿出字条那一刻，界心鸣注意到路骏变了神色。王传明应该是之前就知道这张字条的存在，虽然他也变了神色，但界心鸣一看就知道他是装出来的。

接下来是自由讨论的时间。

字条的出现宛如往沸油中倒了水，让他们的讨论彻底炸了锅。

“这张字条是怎么回事？”葛宏发问道。

周忍冬没有做过多的解释，只是说：“是十三年前留在矿区的字条。”

“路骏，你解释一下吧。”葛浩成指着路骏的鼻子问道，“是不是什么也说不出来了？！你这个杀人凶手！”

葛宏发也问道：“是不是你杀了林盼盼？因为她不愿意和你分手，你怕她一直纠缠你，于是一不做二不休，把她给——”

“不是！”路骏大声反驳，他的声音有些发颤，“不是我，我爱她！我为什么要杀自己的爱人？你们再看看时间，她八点左右回到自己的房间，就算立马到矿区见我，也要八点半左右。我见完她，离开矿区，九点左右出发去往三山镇，路上四个小时，我到达目的地就要次日一点多了。”

葛宏发又问道：“那小界提出的问题又怎么解释，你真的是骑得慢？”

“不，不是。”事到如今，路骏也不想再隐瞒，“字条确实是我写的，但我约她是晚上七点，所以我六点半就出门了。但那天晚上，我没等到她，姑父那边又在等我，我只能在七点半离开矿区，骑着摩托赶往三山镇。我确实是说谎了，我没有慢慢骑车，反而是把摩托骑得飞快。”

“那当年调查时，你为什么不把这件事说出来？”葛宏发问道。

“这要从我为什么和林盼盼分手说起了。”路骏将往事缓缓道来，“林盼盼的父亲有招婿入赘的打算，我家里一直没同意，我心里也有些不快。就在这时，家里又为我安排了别的亲事。我们吵过架，也说过气话要分手，但没有真的分手。我一直背负着巨大的压力，将家里的事一拖再拖，直到最后一天。我写了这张字条，约林盼盼出来，想劝说她和我一起私奔，不必再管家里的事，但她没有来，我以为她爽约了。后来，我才知道她出意外去世了。那时我已经在谈另一桩亲事，怕多生事端，就隐瞒了这件事。我作为一个活人，总不能用前程为林盼盼陪葬吧。我因此也后悔到现在，如果我再坚定一些，所有悲剧都不会发生。我沦落到这个地步也算是自作自受。”说到最后，路骏的声音已经带了哭腔。

别人都不明白路骏所说的“沦落”是什么意思，他们还以为路骏在水电公司这个国企工作，工资可能不高，但总是铁饭碗。只有界心鸣知道路骏的真实状态。

“你觉得是怎么回事？”界心鸣问路骏。他需要引导其他人走向真相。

路骏收起眼泪猜测道："有人看到了我留给林盼盼的字条，改了我的留言。阿拉伯数字的7和9不是很像吗，只要加一笔就能把7变成9。"路骏的解释解答了林盼盼为什么会在八点回房。

接下来就是王传明的戏份了。

"你有什么解释？"界心鸣问王传明。

"这与我有什么关系吗？"王传明说道。

界心鸣说道："忍冬姐，你说说吧。"

"那天晚上我也去了，你干了什么我都看到了。"周忍冬悲伤地闭上了眼睛，点头默认。

就是因为那晚的事情，周忍冬后来才不理会王传明。从之前的情况看，界心鸣可以看出周忍冬对王传明有情，但当年，她会甩了王传明，只可能是王传明做了过分的事情。

"你都看到了？"王传明问道。

周忍冬又点了点头："我全都知道了。"

白水村是个封闭的小村子，学校将同龄的男女聚集起来，他们之间产生情愫再正常不过。但感情比世界上最高明的机械都要复杂，它的萌发和凋零都像虚空中的一抹流光，没什么道理可讲。不是说你爱他，他就会爱你，他可能会爱上另外的人，或者被另外的人爱上。

一直以来，王传明喜欢的都是林盼盼。可惜他晚了一步，路骏先和林盼盼在一起了。王传明觉得自己不能和路骏抢林盼盼，他们这个小圈子就只有几个人，这样的感情纠葛绝对会毁了它。而这时，周忍冬被路骏和林盼盼的爱情鼓舞，向王传明表白了。

村里与王传明同龄的姑娘一共就只有两位，在他心里，周忍冬也不算差，加上他又不愿意被路骏比下去，于是就接受了周忍冬的求爱。这两对情侣恩爱的表面下，早已埋下了悲剧的伏笔。

王传明和周忍冬在一起后却没有放下林盼盼，当他牵起周忍冬的手时，他会想到路骏也这样牵着林盼盼的手；当他亲吻周忍冬时，他会想到路骏也会亲吻林盼盼。妒火一直在他胸膛里燃烧，就好似恶魔烧着地狱里的火炉。

终于，他等到了一个机会，他偷听到了路骏和林盼盼的争吵。从那时起，他就不动声色地注意着路骏和林盼盼两人，也轻而易举地发现了路骏留给林盼盼的字条。

王传明改写了字条，让他们两人见不到面，自己则在八点上山，准备在九点和林盼盼见面，向她倾诉自己的爱意。那天晚上，林盼盼原本满心欢喜，以为路骏回心转意了，到了约会地点，见到的却是王传明。

她也许怒不可遏，也许惊慌失措，她以为是王传明模仿路骏的笔迹伪造了字条，一个男人深夜把一个女人骗到僻静地方，其用心不言而喻。加上王传明过于激动的动作，林盼盼怎么可能好好听王传明说话。

总而言之，王传明的告白失败了。王传明终于道出实情，说他确实见到了林盼盼，但林盼盼是活着离开的。没过多久，他就心灰意冷地离开了矿区。

女人的第六感让周忍冬察觉到了王传明那段时间情绪怪异，于是她看到王传明溜出家门后，便偷偷跟了上去。因此，她才能捡到那张字条。

路骏揪住王传明的领子，把他从地上提起来："是你杀了林盼盼！你毁了我和她的一生！哪怕你没有亲自动手，她也是被你吓跑，失足掉落矿井而死。"

"谁让你一定要去矿区说话？"王传明红着脸反驳道。

"不然我们还能去什么地方说话？白水村到处都是熟人，万一被撞破，我和她还怎么私奔？"说着，路骏挥起拳头想打王传明。

葛宏发制止了路骏："别打了，你们说完了吧。我们可以开始投票了。"他不想管这几人的爱恨情仇，只想早点离开危险区域。

序号	姓名	颜色	杀人动机	票数
1	界心鸣	红	姐弟关系不和睦（存疑）	0
2	路骏	橙	想摆脱死者的纠缠	1
3	王传明	黄	向死者求爱，不成	4
4	葛浩成	绿	?	0
5	葛宏发	青	?	0
6	周忍冬	黑	与死者情敌关系	1

票数出来后，葛宏发有些失望："看来我们还得再来一轮。"

王传明的票遥遥领先，投路骏的那票应该是王传明投的，但是投周忍冬的那票又是从何而来？界心鸣经历了这么多次循环，却还是看不透他们，人心确实是世上第一难解的东西。

王传明频频向界心鸣使眼色，让他帮忙。界心鸣估计王传明被指认为凶手的那次循环和现在差不多，周忍冬对王传明失望，把所有事情都说了出来，王传明就被投出局了。

界心鸣示意王传明少安毋躁，然后说道："我没有其他要说的，你们继续吧。”

路骏道：“凶手毫无疑问是王传明，投周忍冬做什么，她和我，还有林盼盼一样，都是王传明一己私欲的牺牲品。要是没有他从中作梗，我们的人生也不会变成这样。”他像是想到了什么伤心事，眼圈都红了。

路骏说完后，王传明急忙辩解道：“虽然我做了手脚，但只是改了时间，约林盼盼出门的还是路骏。而且也是你为了自己的大好亲事，想要抛弃林盼盼的。现在你可以大言不惭地说自己约她出来是想和她私奔，但谁又知道你当时究竟是怎么想的，也许你约她出来就是想除掉她。”

现在王传明的处境很危险，这么多年来，他虽然对林盼盼有所愧疚，也知道自己与她的死脱不了干系，但他从未想过用自己的生命去赎罪。他能接受的赎罪方式，仅仅是在林盼盼忌日，备好她喜欢吃的零食，躲在无人的角落，遥遥祭拜她而已。

眼见着王传明越说越难听，周忍冬走到他面前狠狠打了他一耳光。王传明捂着脸，难以置信地看着周忍冬，闭上了嘴。估计之前，王传明没有挨周忍冬的这下打吧。

轮到葛家兄弟发言，两人什么都没说，似乎准备置身事外，把王传明投出局后立刻回家。

周忍冬发言道：“那晚我在矿区见过林盼盼，我能证明林盼盼见过王传明后还活着。我骂了她几句，还骂得很难听，她被我骂跑了，落下了字条。”

周忍冬的发言又掀起了轩然大波。

◐

那晚，周忍冬尾随着王传明到了矿区，发现和他见面的是林盼盼。周忍冬想到平日里王传明也常提到林盼盼，似乎对她格外关心，她就误会林盼盼勾引王传明。在林盼盼出来后，周忍冬忍不住追上前大骂一通，林盼盼根本没有反应过来，落荒而逃，往矿区西面跑了。周忍冬捡到林盼盼身上掉下的字条，才意识到她是来见路骏的，不是林盼盼和王传明有染，而是王传明意图出轨。意识到这点后，她对王传明大失所望，所以拒绝了王传明，和他分了手。另一方面，她也明白可能是她害死了林盼盼，觉得自己没有幸福的资格，于是把自己的亲事交给父母决定，而她父母为她选了赵彬。

“我就说林盼盼不是我害死的。”王传明像抓到了救命稻草。

周忍冬因为近几年过得不如意，想起与王传明的点点滴滴，竟然有些怀念。但她现在看到王传明的丑恶面孔，便知道自己错了，她的眼光和她父母一样糟糕。

“我觉得周忍冬充其量不过是压死骆驼的最后一根稻草，主要责任还在王传明身上。”路骏说道。

“你为什么抓着我不肯放？”王传明问道。

“因为你毁掉了我和林盼盼最后的约会，一切悲剧都因你而起。”路骏说道，“你不受罚，天理难容。”

葛浩成说道：“好了，我们还是投票吧。”

序号	姓名	颜色	票数
1	界心鸣	红	0
2	路骏	橙	0
3	王传明	黄	4
4	葛浩成	绿	0
5	葛宏发	青	0
6	周忍冬	黑	2

看来之前那一票也是周忍冬自己投的，这次她身上又多了一票。界心鸣看向王传明，王传明避开了他的视线。

不过，其他人都觉得王传明才是罪魁祸首。

路骏忍不住对周忍冬说道：“忍冬，你就不要再钻牛角尖了，大家都明白凶手是王传明，再这样下去，你就……这实在没必要。”

如果周忍冬继续坚持，这个票面将不会发生改变，这个游戏也无法结束。对其他人来说，比起自己的性命，真相并不重要，他们为了活命，只能投周忍冬。

“没关系。”周忍冬说道，“有的人求生，有的人求死，只是选择不同。况且我真的认为是我害死了林盼盼，如果不是我，她就不会乱跑，也不会掉入矿洞。”

“你还有未来，一时的失望和痛苦不代表什么。”路骏继续劝道。

“对啊，忍冬姐，你没必要揪着这点不放。”界心鸣也开解道。

但周忍冬不打算改变态度：“我该为我的所作所为负责。”

路骏指着王传明说道：“你看看你都干了什么！”

王传明低下了头，不敢说话。他甚至有些后悔，在那一次循环中，如果不是他又狠狠伤害了周忍冬，她也会像现在这样认为自己是凶手，一力承担罪责，放过他的吧。和周忍冬相比，自己就是一个不折不扣的小人。

事态陷入僵局，界心鸣的脑子飞速转动。根据他所掌握的线索，他知道周忍冬和王传明不是凶手，路骏也不是凶手，以此三点为前提考虑，再次搜索已知线索，他发现了一个盲点。

“忍冬姐，你说林盼盼往西边跑了是吗？”界心鸣向周忍冬确认道。

“没错。”周忍冬点头回答道。

“但林盼盼的尸体是在矿区东面被发现的。”界心鸣说道，“她没必要绕一圈再回到东面来，对吧？北面也有下去的路。”

“难道她是遇到鬼打墙了？”葛浩成说道。所谓“鬼打墙”，就是在夜晚或郊外行走时，分不清方向，方向感知模糊，导致自己在原地转圈。

“怎么可能有鬼打墙？”路骏道，“鬼打墙一般发生在地势平坦、步行者不熟悉的地方。林盼盼还有工棚作为参照物，不太可能走回头路。小界，你继续说。”

“我认为一定有什么东西让她不得不往东边去。你有什么想法？”界心鸣望着路骏，希望他能给出答案。

“我不知道，那个时候我已经骑着摩托在路上了。”路骏说道，“我也没有什么东西放在东边。”

“你别看着我，她一走，没过多久，我也走了。”王传明道，“再说了，那时她躲我还来不及，我也没办法把她叫回来。我也不知道她为什么往那边去。”他见界心鸣发现新的疑点，有些欣喜，终于可以证明凶手另有其人了。

葛浩成说道：“林盼盼会不会是忘了什么东西，所以回来拿了？”

界心鸣皱眉道：“也不对。林盼盼身上没有贵重物品，也没遗失贵重物品。她唯一掉的应该就是字条，但没必要特意折回去找。”

“要不我们再开一轮投票吧？”葛浩成建议道。

“不了，我们一定漏了什么。”界心鸣直接拒绝。

现在投票只是给周忍冬增加危险罢了，对找出真相没有丝毫意义。他看着葛浩成，终于又揪出了一个盲点。

“葛浩成，那天晚上你跑到葛宏发的房间看录像了吧？”界心鸣问。

“没错，我之前已经说过了。”葛浩成说道。

“忍冬姐，你和葛浩成都看到矿区有亮光，是吗？”界心鸣继续问。

周忍冬点了点头。

“那你们两人不可能都看到亮光。”界心鸣说道，“忍冬姐和葛宏发的房间的窗户朝向完全不同。你们两家的阳台是朝南的，忍冬姐的房间窗户朝西，葛宏发房间的窗户可是朝东的。”

葛浩成尴尬地一笑：“那可能是我记错了，是葛宏发到我房间里看的录像。”

界心鸣摇了摇头：“不对，当时只有葛宏发家有录像放映机，如果你们真的看了录像的话，只能是你到他的房间。”

界心鸣又向周忍冬求证：“你是在房间里，还是在矿区看到亮光的？”

“是在从矿区回我家的山路上，我一扭头就看到了。”周忍冬说道，“之前问我有没有看到亮光时，我还想了想亮光在西面，我房间的窗户也在西面，所以才承认自己看到了。”

周忍冬都承认自己杀害了林盼盼，她没必要在这种细节上说谎，那么说谎的只可能是葛浩成。这样的话，葛浩成和葛宏发的不在场证明也就不成立了，当时他们不可能在家。

“这究竟是怎么回事？”王传明问道，如果葛家兄弟是真凶，那他就脱离危险了。

“当晚你们两个也在山上吧。”界心鸣对葛宏发和葛浩成说道，“甚至就在亮光边上，而且你们绝对也见到了林盼盼，不然根本不用隐瞒这件事。你们才是最后见过林盼盼的人，我怀疑你们两个就是真凶，不过山鬼只说指认出一个真凶，所以你们当中的帮凶赶快坦白吧，以免做了主谋的替罪羊。”

“好吧，好吧，既然事情都被抖出来了，那我没必要和你一起陪葬。”葛浩成举起双手，做出投降的姿势，“葛宏发，你的封口费没有我的命重要。那晚，我和他确实在矿区。”

“你们在干什么？”界心鸣问道。

葛浩成如实说道：“我们在盗矿。”

“盗矿？”界心鸣不解道，“煤矿有什么好盗的。”开采出来的原矿没有进行过处理，当地人连烧饭都不会用它，而且他们两人一夜又能偷多少煤。

葛浩成解释道：“煤矿当然不值得盗，但他在一个废矿洞里找到了伴生矿。”

我国含煤地层和煤层中的共生、伴生矿产种类很多，诸如铝土矿、膨润土、铁矿、石英砂岩等矿产分布广泛，储量丰富，并不珍贵。少数地区也曾发现某些贵金属富集于煤层本身或其顶、底板中，如金、铂、银等。

葛宏发找到的也不是贵金属，而是某种宝石。矿藏储量并不大，所以葛宏发决定瞒下这个发现，私吞宝石。

葛浩成继续说道：“他一个人开采不了那些宝贝，于是就找到了我。那时我对他言听计从，绝对是最好的苦力。那之后，我们晚上一有机会就去挖宝贝，挖到后，再由他卖到外面。”

“那个亮光是不是和林盼盼的死有关？”王传明问道。

“应该没有任何关系。”葛浩成说道。

“我来解释吧。”葛宏发说道，“为了采矿，我们也要用机械设备。当时设备出问题了，我嫌葛浩成手脚慢，就自己去维修，结果发生了意外，设备烧掉了，所以发出了亮光，仅此而已。”

“那林盼盼是怎么和你们扯上关系的？”界心鸣问道。

“她的死和我们真的无关。”葛浩成说道，“完全就是意外，她跑到我们这边来，然后失足掉进附近的矿洞里摔晕了。”

“你们为了保住自己的宝石，就杀了林盼盼灭口？”王传明问道。

“你都在想些什么？那个时候我们都是十八九岁的年轻人，再怎么样，都不可能对一个一起长大的姑娘下手吧。”葛宏发说道，“我们看她惊慌失措地跑过来，应该没有发现我们，于是就想到了个主意。”

“什么主意？”界心鸣追问。

“如果把她留在那里，大家来找她时就会发现我们的秘密。”葛宏发说道。

“是你的秘密吧。”葛浩成打断了葛宏发的话，冷笑道，“你为了守住宝石矿的位置，就让我把昏迷的林盼盼从洞里救出来，再由你把她丢到工棚附近的矿洞里。第二天一早，大家就会在工棚附近找到她，而她也会认为是自己跑得太快，记错了位置。”

“你不知道宝石矿的位置吗？”界心鸣问。

葛浩成点了点头：“每次去宝石矿，葛宏发都会用布条蒙住我的眼睛。”

“可以带我们去看看你的秘密洞穴吗？”界心鸣问葛宏发。

葛宏发一言不发。

葛浩成继续冷笑："这是他的秘密，怎么可能告诉你们？"

"你为什么就是不相信我？"葛宏发说道，"我说过宝石矿被采空了，告诉你，你也挖不到宝石了，所以我才没告诉你。"

"那你能带我们去那个洞吗？"葛浩成又问道。

葛宏发无奈地点了点头："可以，那你们都跟我来吧。宝石矿的作用没有这么大，当年我和葛浩成也没有切割技术和销售渠道，所以也没能凭这些宝石一跃成为富翁，只是赚了一些小钱而已。"

葛宏发带着他们走到矿区西面一个山坡上，这里三三两两分布着一些大洞，葛宏发指着其中一个洞说道："就是这里。"

这个洞应该是他们的父辈们探矿时留下的，然后葛宏发无意中进入发现了宝石。葛浩成钻进了洞里，大概十分钟后，他从洞里出来，对他们说道："葛宏发没有说谎，就是这里，我看到了我以前挖掘的痕迹。"

葛宏发和葛浩成提供的说法很合理。林盼盼失踪的话，林家肯定会组织人搜山，整个矿区都会被捋一遍。葛宏发怕有人会发现自己的秘密，就把林盼盼挪到了其他地方。

葛宏发为自己辩解道："那个时候，林盼盼依然活着，她的呼吸和脉搏都很平稳，身上只有一些小伤。我还特意把她放到靠近工棚的地方，因为我知道第二天会用到通风设备，矿工去搬设备时就会发现林盼盼，她在第一时间就能获得救治。当时气温也不低，正常人在外待一个晚上最多就是感冒发烧。我把她丢下矿洞时，是用绳子慢慢把她放下去的，最多只给她留下了一些擦伤。”

界心鸣冷冷道：“你没想到她可能会有内伤吗？你搬运她的时候，又给她造成了二次伤害。”

“我不是故意的。”葛宏发说道，“我对她没有任何恶意，我也是她的朋友。”

“有些时候，杀人不需要恶意。”界心鸣冷冷道。

路骏捂住脸，他的声音里带了哭腔：“原来她是这样去世的，那一夜发生太多事了。”

“好复杂。”王传明也感叹道。

“真相并不复杂。”界心鸣反驳道，“如果不是你们故意隐瞒，真相也不会被掩埋十三年。”

几乎每个人都觉得自己与林盼盼的死有关，为了保护自己，他们抛弃了林盼盼，留她在青山间徘徊。其中王传明还为了自己，几次暗杀周忍冬，平添了更多困难。

“事已至此，我们开始投票吧。”界心鸣觉得时机已经成熟了。

序号	姓名	颜色	票数
1	界心鸣	红	0
2	路骏	橙	0
3	王传明	黄	1
4	葛浩成	绿	0
5	葛宏发	青	5
6	周忍冬	黑	0

没有意外，指认结束了，葛宏发被认定为凶手。

他无力地瘫坐在地上，甚至连辩解的力气都没了。葛浩成倒戈之后，他就没有机会了。

路骏和王传明抓住葛宏发，把他架了起来。

“放开我！我可以给你们钱！我把家产都给你们！”葛宏发一边挣扎一边哀求道。

葛浩成拿来了农药：“既然玩了游戏，就要遵守规则，等拿到交通工具的线索，我们会第一时间为你催吐，你还有机会。我相信幕后之人会守诺的，因为他只说了让真凶喝下农药，没说不可以吐出来。”

葛浩成将农药递到葛宏发嘴边，葛宏发避无可避，拿起药瓶，将剧毒药水一饮而尽。他张大嘴，以示自己已经喝完。农药具有腐蚀性，葛宏发的口腔和喉咙被烧灼得一塌糊涂。

葛浩成依言拿来水，往葛宏发嘴里灌，用土法给葛宏发洗胃，但这个措施只起了安慰作用。在随后的日子里，葛宏发会渐渐虚弱，最后死亡。

“好了，葛宏发已经喝下百草枯了。召集我们的人可以站出来了。”路骏说道。

没有人出来承认。

王传明紧张地问道：“难道我们都被骗了？召集者一开始的目的就是让我们认识到自己的错误，然后杀光我们？”

路骏怒道：“不要再瞎说了，我们一定漏了什么。”他拿出那封信，又一字一句地看了起来。

周忍冬捡起地上的农药瓶子：“你们看看这瓶子上面好像有字。”

界心鸣从周忍冬手里接过瓶子，发现内壁上刻了字，由于药水是深色的，只有倒光药水，内壁的字才会显示出来。

车子在村东原刘家地窖。

刘家不大，就算地窖扩过，也塞不下两辆车子和四辆摩托吧？带着这个疑问，他们带着葛宏发赶到了村东刘家，将碎石、残砖、野草清理掉，打开地窖，里面停着一辆老旧的面包车，似乎快报废了。

王传明溜下去检查了车辆的状况：“车钥匙就在车上，油箱是满的，破是破了点，但足够把我们带出去了。”从一开始，山鬼就不打算把他们原来的车还给他们，而是准备了一辆报废车作为他们离开白水村的交通工具。

这个布置应该在几个月前就做好了，地窖上方盖着木板，木板上又堆了残砖、碎石，加上自由生长的野草藤蔓，彻底遮盖了痕迹，而他们之前一直想通过新痕迹找到交通工具，自然就失败了。幕后之人甚至在后面挖出了一段斜坡，他们清理掉障碍物后，就能把车推出地窖。

六人挤上报废车。方向盘的位置上积了灰尘，仪表盘上放着一张纸，纸上画了简单的路线图，让他们不要往黑水川走，桥已经被炸断了。

王传明开车，终于把他们带离了这个绝地。葛宏发面色发白，紧闭着双眼，气若游丝，不时地发出呻吟，也不知道是否能撑到医院了。

“唉，可惜我的车找不回来了。”葛浩成感慨道，“我可没有多余的钱再买一辆摩托。”

“命比车子重要。”路骏说道，“快走，快走。”

他们把奄奄一息的葛宏发送进了医院，没有惊动其他人，悄悄地离开了医院。

风雨欲来，重重的阴云压在上空。他们再没有寒暄的心情，各自作别，好像要在大雨倾盆之前赶紧逃离这里。

第十四章

谁是凶手

四周依旧是发霉的空气，包裹着界心鸣的身体，一个劲儿地往他的肺里钻。

在恍惚中，界心鸣睁开了眼睛，四周一片漆黑，但他还是感到了一种莫名的熟悉感。不安渐渐涌上心头，他打开灯，发现自己又回到了小旅馆的房间里。

怎么回事？怎么会这样？到底哪里错了？

为什么又循环了？

为什么？

他想不明白，难道真相有误？难道林盼盼对结果并不满意？难道要找出替林盼盼追查真凶的幕后黑手？

界心鸣还是被困在这段时间内。之前他已经买了回家的车票，准备回迁江，可一觉醒来，发现自己居然又回到了这个地方。

现在是四点二十分。

界心鸣立马从床上跳起来，如果都重来了的话，他必须去救周忍冬。想到这儿，他立刻冲出旅馆，大厅鱼缸里的杂鱼被界心鸣的动作惊动，纷纷害怕得逃窜，撞上了鱼缸壁。界心鸣将油门踩到底，急急忙忙朝周忍冬的超市赶去。

他可能已经来不及救下周忍冬，制止她杀人了，但能帮她布置现场、替她隐瞒罪行，应该也能取得她的信任。无论如何，界心鸣都要试一试，不然这次循环就浪费了。他终于到达了目的地，出乎他意料的是，超市门已经开了，周忍冬正坐在超市门口。

“你终于来了，比上次晚。”周忍冬问界心鸣，“路上遇到事情了吗？”

周忍冬身上有伤，但不严重，她已经做了妥善的处理。见到周忍冬这副样子，界心鸣吃惊得说不出话来。

“你没事吧？”周忍冬关心地问道。

“你都记得？”界心鸣惊讶地问道。发生这么大的变化，唯一的可能就是周忍冬也成了界心鸣的同类。

周忍冬点了点头：“对，所有事情都记得。你来超市救我，制伏了赵彬。然后，我和你一起前往白水村，你在路上和我说了一堆疯话，一开始我没有相信你，只是假装相信罢了。后来我们揪出葛宏发，我觉得你说的可能是真的。现在，我已经完全相信你了，因为我也经历了一次循环，而且保留了记忆。”

“原来那个时候，你没有信我。”界心鸣惊讶道。

“无论是谁听到循环和穿越都不会相信吧。”周忍冬苦笑道，“我以为你是因为林盼盼而入魔发疯了，但你确实说对了一些事情，所以我才陪着你演戏，找出真相。”

“但那也不是真相，否则我们也不会又进入循环，不过这次我多了一个帮手。对了，赵彬呢？”界心鸣问。

“我把他打晕捆起来了。”周忍冬说道，“这种感觉真的太奇妙了，我事先知道他什么时候会起床、会说哪些话，甚至知道他会怎么打我，所以我不再害怕。不过他的某些行为和我记忆中不太一样，所以我还是受了点伤。”

“不会每次都一模一样的。”界心鸣解释道，“就算你的行动保持一致，也只能确保大致走向不变。”

哪怕在完全一样的环境中，人的行为也会有细微的差别，人的思维本身就是混沌的，里面有无数的蝴蝶在振翅，无数外界和内部的细节都在默默影响人的行为。界心鸣深有体会，有时他只是表情不同或少说了几个字，对方同他说的话就不同。

“原来如此。”周忍冬点了点头，像是明白了，“我们出发吧，一切行动还和之前一样？”

“嗯，最好不要做什么改变，不然不知道会出什么幺蛾子。”界心鸣说道，“我怀疑还有人隐瞒了重要的情报，导致我们在最后做错了决定。”

两人结伴到达了白水村，而在白水村，还有更大的惊喜在等着他。

路骏和王传明的摩托还是停在学校外面。界心鸣轻舒了一口气，至少王传明这次没有扯什么幺蛾子。两人又和路骏他们会合，又一次重温了老教室，然后等葛家兄弟到来。

没想到一等，就等到了下午。

“他们两个有事不来了吗？”王传明问道。

界心鸣也坐不住了：“我们去找找他们吧。”

王传明问道：“去什么地方？”

“矿区。”界心鸣道。

但是他们在矿区也没找到人，工棚里倒是有食物，但不见葛浩成的踪影。

周忍冬悄悄将界心鸣拉到一旁问道：“不同的循环中，他们的行为差别会这么大吗？”

“不会，一般只有细节会发生微小的变化。”界心鸣皱眉道，“我经历的循环中从没有出现过迟到或者不到的情况。”

“那就只有一种可能了。”周忍冬指了指自己，“他们和我一样，都在循环中‘觉醒’了。”

界心鸣觉得“觉醒”这个词用得很贴切。

周忍冬继续说道：“他们两个都是揭开林盼盼死亡真相的关键人物，可能害怕被指认就爽约了。”

“你说得很有道理。”界心鸣由衷地说道，“去把路骏他们叫过来吧。”

路骏和王传明过来后，界心鸣告诉他们葛家兄弟应该不会来了。王传明已经知道循环的事情了，他一个劲儿地问界心鸣：“你骗了我，究竟哪里出错了？”

界心鸣竖起一根手指说道：“只有一种可能，我们还是找错了凶手。”

路骏是唯一一个还未觉醒的人，他不解地问道：“你们在说什么，我怎么一个字都没听明白。”

“接下来我说的话会非常匪夷所思。”界心鸣真诚地对他说道，“你就当我讲了一个故事吧，请一定要听完。”

界心鸣把前几次循环的大致情况告诉了他，当然隐去了他失态的地方，给他留了些面子。路骏觉得界心鸣可能是疯了，但王传明和周忍冬告诉他要相信界心鸣。

路骏听后失魂落魄地跑了。他一时间难以接受这个真相。

“你和他说这些干什么？”周忍冬不解。

“我和你都已经觉醒了，葛家兄弟疑似觉醒。如果不能终止循环，那他早晚也会觉醒。”界心鸣说道，“倘若他觉醒后只把这里的聚会当成一次普通的聚会，不明所以地到处乱跑，我们再去找他会很麻烦，还不如提前告诉他，让他有所准备，发觉事情不对，就老老实实地来白水村等我们。”

“那我们现在怎么办？”周忍冬问。

界心鸣叹了口气：“还能怎么办，山不过来，我们只能过去见山。我们上门拜访葛家兄弟吧，反正我知道他们的住址。”

“我也要去吗？”王传明问道。

界心鸣轻蔑地看了一眼王传明：“你就安静地待着吧。”

王传明如蒙大赦，骑着摩托离开了白水村。有界心鸣在外劳心劳力，王传明自然不愿涉足危险。

界心鸣又开了四小时车，和周忍冬来到葛家兄弟所在的镇子。周忍冬没回家，那个家，她已经不想再回去了。她和界心鸣一起找了家小旅馆住进去，次日一大早，他们先去拜访了葛宏发。

但葛宏发的洋房附近有些不大对头，没有半点声响，安静得有点过分。不少脸色不善的男人在葛宏发家附近来来回回。

“葛宏发是不是惹到不该惹的人了？”周忍冬低声问。

界心鸣说道：“应该没有，之前我来就没看到这些人。”

那群凶神恶煞的人也注意到了界心鸣和周忍冬。有个身穿黑衣的黑壮男子过来问他们：“你们是来找葛宏发的吗？”

周忍冬嘴快，承认了。

于是，黑壮男子又问道：“你是周忍冬，你边上的是界心鸣？”

周忍冬点了点头。界心鸣觉得不妙，抓起周忍冬的手，转身欲走。

“是他们，界心鸣和周忍冬！”黑壮男子大喊一声，“快过来，我找到他们了。”

周围的人都聚了过来。界心鸣听到喊声，立刻带着周忍冬逃跑，但前有堵截后有追兵，两人只能先钻进巷子，以期甩掉追兵。

巷子狭长复杂，界心鸣一边跑一边推倒巷子里堆积的杂物，想要拦住追兵，可他们与追兵之间的距离还是越缩越短，眼看自己即将被抓。

“你先跑，我留下来拖住他们。”界心鸣对周忍冬说道。

周忍冬刚想拒绝，界心鸣又解释道：“反正会重来的，只是精神伤害而已。”说罢，界心鸣将周忍冬推走，自己留在了原地。

小时候，他一直受林盼盼照顾，长大后，他去念书、去工作，也没遇到需要暴力解决的事情，除开儿时的打打闹闹，界心鸣真的从未打过架。他捡起地上的一根木棍朝追兵不断挥舞，但很快就有人把界心鸣的木棍打落。他们步步紧逼，界心鸣一步步向后退去。

快要无路可退之时，周忍冬居然又回来了。她抱着一根毛竹在巷子里横冲直撞，本来像毛竹这样长的东西在巷内根本施展不开，但由于长度惊人，周忍冬又不要命地胡乱挥舞，稍稍一动就能扫到一大片，反而起到了效果。追兵被周忍冬的打法吓到，竟然无意中让开了一条路。

两人趁机跑出巷子，回到了车上。

“你们告诉葛宏发，躲是躲不过的，事情还有转机，林盼盼找的可能不是他。如果他不来赴约，他会永远被困住。”界心鸣摇下车窗，大声说道。

一块砖头飞来，界心鸣赶紧缩回脑袋。同类正在增加，这可真讽刺，他一个人度过了最困难的时光，当他即将成功之时，上天送了他一些同类，给他增加了难度。

看来这些人都是葛宏发雇来的，他不想见界心鸣他们。界心鸣擦掉头上的冷汗，开车离开葛宏发的势力范围。

比起葛宏发的待客之道，葛浩成的就要“文雅”得多了。界心鸣带着周忍冬来到葛浩成的出租房，门锁着，他们敲门许久，也没有任何回应，反而把房东引来了。

房东道：“别敲了，他不在。”

“你知道他去哪儿了吗？”周忍冬问道。

“不知道，我还想知道他在哪儿呢，他欠了好几个月的房租还没给。”房东说道，“你们是谁，找他有什么事吗？”

“我们是他的朋友，没有别的事，就是想和他见个面、叙个旧。”界心鸣说道。

房东说道：“你们要是找到他，就告诉他如果再不付房租，我就把他的东西都丢出去了。”

葛浩成神龙见尾不见首，他要躲，界心鸣还真的没办法找到他。

界心鸣掏出一张百元大钞递给房东：“我再问个事情，葛浩成多久没有回来了？”

房东收下钱后，立马变了个模样，露出笑说道：“这真不知道，应该有半个多月了吧。”

“谢谢。”界心鸣道，“你有纸笔吗，能借我用用吗？”

“可以可以。”房东很快就拿来了白纸和铅笔。

见不到葛浩成，界心鸣只能给他写一张字条，告诉他循环会一直进行下去，想要停止的话，他就必须来赴约。写完后，界心鸣把字条塞进了门缝里。

在回去的路上，周忍冬问道：“这样做会有用吗？”

“会有用的。”界心鸣说道，“被困在同一段时间内，反复经历同样的事情，只重复五六次还好，重复多了会把人逼疯的。他们总会有受不了的一天。我们只要每次都去，他们一定会明白的。”

◐

界心鸣曾在书上看过一个神话故事，说有个地方的人，认为天堂就是不断循环重复的，他们的神喜欢勇士，勇士死后都能到天堂，他们在天堂就日复一日地比武、吃肉、喝酒。而当新的一天到来，战死者会复活，桌上的酒肉也会复原。

当时界心鸣就感叹：那真是个质朴的天堂。

但人在这种天堂中真会幸福吗？按照佛教观念来看，众生都在六道轮回中，得道成仙不是从低等生物跳到高等生物，比如从畜生道去天人道，而是超脱，从六道之中离开，独立于世。

在固定的时间内，人能挥霍金钱、纵情享乐，做任何事都不必担心惩罚，因为一切都会在新的循环中恢复原样，个人的自由到达最高限度。也许，对于一些人来说，这就是天堂。可这不是人类该过的生活。人还是需要跳出循环，正常生活，遇到不同的人和事，成长，老去，最后死亡，而不是原地踏步。

界心鸣没和周忍冬说，其实他快要被逼疯了。

但上天并没有怜悯快要崩溃的界心鸣。

一次。

两次。

三次。

…………

时间一次次重置，界心鸣和周忍冬也一次次穿越。

周忍冬的变化越来越大。随着周忍冬一次又一次地击败赵彬，她整个人的气质都不同了，到了后来，她不费吹灰之力就能将赵彬制伏。

十多次后，路骏终于觉醒了。

三十次之后，葛宏发和葛浩成也都回到白水村。看来他们终于受不了了。

六人终于再次齐聚白水村，这次不需要有人逼他们玩什么指认游戏，他们自愿开始调查林盼盼的案子。

“不都水落石出了吗？”王传明说道，“杀害林盼盼的凶手是葛宏发。”

葛宏发冷冷道：“我已经死过一次，可这一切仍然没有结束，说明凶手不是我。”

“我们一定还忽视了什么。”界心鸣说道，“这段时间内，我也没有闲着。”他顿了一下，看了看其他人的反应，“我怀疑在那一夜还隐藏了一起谋杀，不是针对林盼盼的，但和林盼盼有关。”

“什么谋杀？”路骏问道，“那一晚只有林盼盼死了啊。”

“因为那起谋杀没有成功。”界心鸣说道。

“那么谁是凶手、谁是被害人呢？”王传明问道，“林盼盼的死是意外，我们当中应该没有要杀人的仇怨吧？”

界心鸣看着葛家兄弟，缓缓摇了摇头，说道：“这可不一定。”

“没有成功的谋杀？”葛宏发脸色一变。

“看来你已经明白了。”界心鸣对葛宏发说道。

葛宏发望向葛浩成，露出一个苦笑：“设备是你故意弄坏的？当年我根本就不该带你挖宝石。”

界心鸣替众人解释道：“葛浩成在那晚曾谋杀葛宏发。他在设备上动了手脚，借口自己处理不了，让葛宏发去处理。葛宏发没死，是因为触电保护器发生了作用，及时跳闸了。”

“你会带上我，只是因为你找不到别人了。”葛浩成冷冷说道，“要不是你从没信任过我，我会这样吗？从头到尾，我被你蒙住眼睛带来带去，只是一个苦力罢了。”

“那我也把钱分给你了。”

“你给我的是我的辛苦钱。你一直高高在上，而我只是你的一个奴隶。”

“好了，你们别吵了。”路骏问道，“这和林盼盼的死又有什么关系？”

“有关系。”界心鸣说道。

“她的死不是已经查清了吗？”路骏问道，“和触电保护器有什么鬼关系？”

“之前的真相不完全对。那晚发生的一切都不能割裂开来看，你们忘了林盼盼的死因。”界心鸣痛苦地说道，“一直以来，我们都认为是内伤，譬如内脏出血。但这种大出血，医生应该也能看出来。所以我有了新的假设：林盼盼死于中毒和窒息。矿洞中常有各种危害人体的毒气。”

“但她所在的位置没有毒气，如果有毒气的话，当年那些人早就发现了。”路骏说道。

“她所在的位置没有毒气，毒气在更加下面。”界心鸣说道，“葛浩成想要利用设备漏电电死葛宏发，当然不会忘记配电箱里的触电保护模块。但他忘了一点，矿区的供电是分两级的。他只拆了分配电箱的触电保护模块，总配电箱的还在。葛宏发手上的设备出现短路故障，有触电危险时，总配电箱的触电保护模块就开始工作，导致总电路跳闸。后来……”

“后来怎么了？你倒是继续说啊。”见界心鸣突然停下，路骏急忙催促道。

界心鸣深吸一口气，继续解释：“后来，我上矿区要开灯，就打开了总配电箱的电闸，这个时候，通风设备那该死的断电启动功能开始运行，设备开始预热。我转了一圈，没有发现林盼盼，所以就离开了。而这时通风设备已经启动，就在林盼盼所在的矿洞边上，它的风口可能就在矿洞内，一运行就把矿洞深处的毒气都抽了上来，导致林盼盼中毒窒息而死。再过一段时间，通风设备自动关机。”

根据众人的证词，他们终于还原出整个真相。

那天，路骏留下字条，约林盼盼下工后见面。

王传明发现字条后，改了时间，将晚上 7 点改成晚上 9 点。

路骏 6 点 30 分离开家门，如约到达矿区，但未见到林盼盼，以为林盼盼爽约，便驱车前往三山镇。

葛浩成、葛宏发 7 点 30 分上山盗矿。

林盼盼 8 点借口回房睡觉，其实偷偷溜出门，9 点左右到达矿区。

王传明 8 点上山，见到路骏下山，并未被发现。同时周忍冬察觉王传明奇怪，尾随王传明上山。

王传明和林盼盼 9 点见面，9 点 10 分，王传明求爱失败，林盼盼惊慌逃离。

9 点 10 分，王传明下山。而周忍冬遇到林盼盼，误会了林盼盼和王传明的关系，将林盼盼骂跑。

9 点 20 分，周忍冬下山。同时，葛宏发操作仪器，险些触电，导致亮光出现。

9点30分左右，林盼盼误坠宝石矿附近的矿洞。葛家兄弟停止工作，葛宏发蒙上葛浩成的眼，让他背上林盼盼，带着他离开宝石矿，将林盼盼转移到通风设备边上的矿洞。

10点，葛宏发、葛浩成完成布置下山。

11点10分，界心鸣上山找人，为获得照明和广播找人，打开电源，导致通风设备启动。

葛浩成摊手说道："你的猜测有些道理，所以凶手是我吗？"

周忍冬替界心鸣解释："当然是你，如果不是你，哪怕葛宏发转移林盼盼，也不会导致她死亡。如果我是林盼盼，我肯定会认为你是凶手。"

"这可不一定啊，界心鸣。"葛浩成冷笑一声，盯着界心鸣说道，"虽然在这件事上，我们没有一个人是无辜的，但按下最后一个开关的人，可是你啊。如果不是你，林盼盼根本不会死。

"和我比起来，你简直就是温室里的花朵。我比你更明白人性之恶，如果是林盼盼的怨灵造成了我们的循环，那她最恨的一定是你。

"你想想看，她被人从一个矿洞丢到另一个矿洞，浑身上下又冷又疼。你到了矿区，却只随便喊了几声，逛了一圈，一心想回到被窝里睡觉，她该多么绝望啊。她并不知道宝石矿和我杀葛宏发的事情，她只知道是你拉下了总闸，打开了通风设备。

“平日里，你的存在已经够折磨她了，现在，你又亲手杀了她，她最后一刻肯定满怀对你的怨恨。”

“够了！”界心鸣低头怒吼。

周忍冬也指着葛浩成，生气地说道：“你这是狡辩！”

葛浩成摇了摇头：“我知道你们不愿意相信，没关系，我可以吃点亏，我们交给林盼盼来决定。”

“怎么决定？”周忍冬问。

葛浩成笑了笑说道：“反正我们可以重来，我和界心鸣轮流死一次不就行了吗？我先来，如果我死了，循环结束，我就是真凶；反之，轮到你死，之后循环结束，你就是真凶。这不是很简单吗？你觉得怎么样？”

“好。”界心鸣斩钉截铁地答应了。

界心鸣认为林盼盼不会对他如此绝情。

“农药呢？我帮你拿过来。”周忍冬说道。

“不用了，我自己找个高点的悬崖跳下去就行了。”

第一次循环中葛浩成也死于坠崖，那时他深感跟着他们求生无望，想要尽快离开。他去找葛宏发，想逼问出宝石矿的位置，结果却被葛宏发失手杀死。也许冥冥之中真的有命运存在。见众人没有异议，葛浩成慢慢爬上山崖。

“死亡可怕吗？当然可怕。”葛浩成露出微笑，“可我不认为自己会死。”

这次，葛浩成死得轻描淡写。他真的跳了下去，把自己摔成了烂泥。

界心鸣几乎是数着秒过完了接下来的日子，周忍冬一直陪在他的身边。

直至最后一个煎熬的夜晚悄然离去。

第十五章

生门

新的循环开启了。

界心鸣醒来，发现自己依旧在发霉、狭小的旅馆房间里。一种无助的痛苦包围了界心鸣，他甚至不知道该如何宣泄这种情绪。

他一声不吭地冲进洗手间，打开水龙头，让水哗哗直响，流得到处都是。界心鸣不断地掬起水往自己脸上泼，想要洗去那些一直流淌的眼泪。

他从未如此失态，哪怕是孤独无助的溺死时刻，哪怕是他被诬陷为幕后黑手，哪怕是路骏第一次告诉他林盼盼对他的真实态度……

他揭开每个人说的谎，把真相一块块拼出来，最后却得到了自己是真凶的答案。

他就是一个小丑。

如果这是林盼盼对他的惩罚，那也太残酷了。

界心鸣花了两个多小时才慢慢平复心情，强打起精神，驱车前往白水村。无论如何，他都得给这件事画上一个句号，哪怕这个句号是用他的鲜血来画的。

其他人都早早地等着他了。周忍冬见到界心鸣后，几次想要张口说话，但话到嘴边又咽了下去。现在没有话语能安慰界心鸣，他就像祭奠亡灵的纸人，人们只等着烧掉他，平息死者的愤怒，然后继续自己的生活。

葛浩成笑呵呵地看着他："你想要什么？我为你准备了绳子、安眠药，还有农药。"

"用不着你的东西。"界心鸣一把推开葛浩成，望了望不远处的群山，"我也选择悬崖。"

界心鸣在他们的注视下爬上白水村附近的悬崖，阴霾的天空下，悬崖拔地而起，好像是被人用巨斧劈过似的，又陡又峭，令人望而生畏。

"等等！等等！"周忍冬挣脱其他人，追上界心鸣，拉住了他，"别跳！这不是你的错。"

界心鸣轻轻推开周忍冬的手："这不是错不错的问题，我们得结束这一切。你能忍受重复的日子一直持续下去吗？"

界心鸣一闭眼，用力一跃，如同被砍断翅膀的飞鸟，从高处直直坠地。

随着一阵剧痛，他的人生又一次结束了。

在这么多次的死亡中，界心鸣觉得这是死得最轻松的一次。

◐

可是，仅仅一瞬间，他的人生又一次重启了。他又回到了那个发霉的房间，又从阴沉的睡眠中醒来，仿佛上天和他开了个恶劣的玩笑。

他抱着自己的头，在床上一动不动，他已经不知道该怎么做了，难道林盼盼还不愿意放过他们？她准备让所有人都死？

他们六人再度聚首，每个人都在问为什么会这样。林盼盼究竟想要什么？究竟如何才能结束这一切。界心鸣觉得有人在他耳边二十四小时不间断地狂笑，那笑声就像钢针一样直直插入他的脑髓，不肯消散。

“我们都忘了一个问题。”葛宏发突然说道。

周忍冬不解：“什么问题？”

“把我们召集到这里的幕后黑手到底是谁。说不定找到他，我们就能结束循环了！”葛宏发激动地看向众人。

“没有用的。”界心鸣突然回答。

“什么意思？难道说你就是那个幕后黑手？”葛宏发质问界

心鸣。

“不是我，但我知道是谁。”界心鸣抬起头，并没有理会葛宏发，而是转头看向葛浩成。与界心鸣的平静相反，葛浩成脸上露出一个令人胆寒的可怖笑容：“这么说来，你已经知道了。”

众人齐齐看向葛浩成，界心鸣说道：“我们在白水村的时候都被药迷晕了，只有那个人没有吃下迷药，所以他才能趁我们昏迷期间完成各种布置。”

“没错，是这样。”周忍冬点头道。

“这段时间，我整理了当时我们吃喝的各种信息。”

1代表有，0代表无。

前半段烧烤表示在聚会前期吃过烧烤，后半段烧烤表示在聚会后期吃过烧烤。

序号	姓名	拿瓶喝酒	用杯喝酒	吃香菇	前半段烧烤	后半段烧烤	抽烟（宏）	抽烟（骏）	抽烟（浩）
1	界心鸣	0	1	1	1	1	1	0	1
2	路骏	1	0	1	1	1	1	1	1
3	王传明	1	0	1	1	1	1	1	1
4	葛浩成	1	0	1	0	1	0	1	1
5	葛宏发	1	0	0	1	1	1	1	0
6	周忍冬	0	1	1	0	1	0	0	0

“只要再深入分析一下，真相呼之欲出。”界心鸣说道，“在一次循环中，我是被人用乙醚迷晕的。在迷晕前，我还看到葛宏发和忍冬姐在说话，所以葛宏发不是幕后黑手，与他相关的项可以拿走。后半段烧烤所有人都吃了，所以这段也是干扰项，可以去掉。香烟的派发可以自由控制，但葛浩成和路骏都是直接丢一包出来共享的，所以也舍去这两项。”

“我会被乙醚迷晕，是因为没有摄入迷药，幕后黑手为了执行计划，只能出此下策亲自动手。”

“我拿啤酒瓶对瓶喝酒后，被幕后黑手用乙醚迷晕，拿杯子喝酒时，幕后黑手没有出现。”界心鸣说道，“这就说明药在杯子上，不在酒里和瓶子上，所以保留用杯喝酒这项，去掉拿瓶喝酒那项，得到最终结果。”

序号	姓名	用杯喝酒	前半段烧烤	结果
1	界心鸣	1	1	1
2	路骏	0	1	1
3	王传明	0	1	1
4	葛浩成	0	0	0
5	葛宏发	0	1	1
6	周忍冬	1	0	1

只有葛浩成还保持着“0”，说明他没有吃下迷药。

“他是怎么下毒的？”路骏问道。

界心鸣说道：“前后半段烧烤唯一的区别在于水，部分食材都进行过清洗，水盆里的水脏了，负责清洗的人就会倒掉脏水洗一下盆，换上干净的水。”

“水都在桶里，如果有药的话，应该全都有药吧。”王传明道。

“药在盆里。葛浩成让人把内壁涂抹了药的水盆当作清洗盆，所以前半段洗出来的食材全都有药。换了水之后，盆里就干净了，后面洗出来的食材都是安全的。同时为了减轻自己的嫌疑、掩盖下毒手法，他还在其他地方下了药，比如杯子。用饱和式救援的说法类比，他就是实施了饱和式投毒下药，在多地下药，被害人只要碰了一个地方就会中招。如果单独看谁吃了什么谁没吃什么，就会陷入思维死角，很难排查出有问题的地方。”界心鸣说道。

“但我和葛浩成一样没有吃前半段烧烤的东西，如果我不用杯子喝酒的话，他的诡计不就失败了吗？”周忍冬说道。

界心鸣继续解释：“只要他负责烧烤，就处于不败之地。他负责烧烤，就有理由忙着烧烤，不吃第一批烤出来的东西。他甚至可以故意多加辣椒，在其他人辣得不行时，用杯子倒一杯水递给他们。他也能以关心女性的名义，让你休息一下吃一串烧烤。葛浩成没这样做，只是因为一切都很顺利。”

“幕后黑手居然会是葛浩成？他的动机是什么？”周忍冬不解。

“宝石。”界心鸣回答，“宝石矿位置和林盼盼死亡真相是绑定的。葛家兄弟做生意的本钱都来自宝石矿吧。白水村是个小村子，他们能接触到什么人，我们都清楚，哪有人肯出资让两个毛头小伙去做生意。葛宏发掌握宝石矿分到的钱多，本钱足；葛浩成分到的钱少，最后生意失败了。葛浩成需要钱，几次三番找葛宏发借钱，或者让葛宏发带着他再去挖宝石。但葛宏发一直说宝石矿已经开采完了，还不愿意把矿的位置告诉葛浩成，两人彻底交恶。

“葛宏发态度暧昧，一边说宝石开采完了，一边又不把位置告诉葛浩成，葛浩成自然就认为葛宏发想一个人私吞宝石矿了。葛浩成欠了一大笔钱，急需钱还债，白水村也因大坝蓄水要被淹了。为了抓住最后的机会，葛浩成就大胆策划了这一切。”

除了界心鸣所说的，关于葛浩成是幕后黑手，其实还有一些佐证。

他们这些人当中只有葛浩成的时间最充裕，界心鸣在迁江县，周忍冬整日都在超市看店，路骏虽然深居简出，但总有人看到他进出居所，王传明出去送货最长不超过一周，葛宏发也天天在外应酬。只有葛浩成在外租房，居无定所，和邻里也熟悉，消失过半个多月。

葛浩成的房间里有纸有笔，说明他有书写需求，但现在有一支笔在垃圾桶里，说明那支笔已经坏了，那他应该还有一支好笔，被他拿走了。葛浩成的房间里有一堆杂书，其中包括潜水书，他可能是想得到宝石矿的位置后，投下定位装置，打算日后潜水寻矿。

葛浩成在林盼盼死后问过亮光的位置，他一直想知道宝石矿在什么地方，他在调查时重提，是故意露出的马脚，就是为了让大家意识到他说了谎，他们的证词不可信。葛浩成迷晕他们后，除了车钥匙外，他还会拿走值钱的手表、首饰，这说明他很缺钱，而不是想误导时间。

葛宏发攥紧拳头，咬牙切齿地盯着葛浩成："我都说过多少遍，宝石矿已经采完了！你这个满眼只有钱的败类！"说着便冲向葛浩成，一把揪住他的衣领。

"你们又比我好到哪儿去？"葛浩成轻蔑地笑道，斜着脑袋扫视众人，最后看向葛宏发，"你们都是无辜的吗？林盼盼的死，你们每一个人都要负责！我是败类的话，那你们这些杀人凶手又算什么东西？"

葛浩成挣开拽着他的葛宏发，弯腰喘着粗气，但嘲讽意仍挂在嘴角。

众人哑然无声。葛浩成说得没错，站在这里的每一个人都是导致林盼盼死亡的罪魁祸首，他们都因为自己的私欲，选择逃避责任，无视林盼盼的痛苦，隐瞒一切偷生。或许村民们口中的山鬼作祟不无道理——山鬼作祟，祟在人心。人心中的阴暗欲望滋养了山鬼，也滋养了他们内心的恐惧。

他们，就是山鬼。

“我……我还有一个疑问……我记得你和我说过某次循环中，葛浩成在逃亡路上惨死，”周忍冬怯怯地问道，“如果他是幕后黑手，怎么会这样？”

“应该是巧合。”界心鸣曾把路骏当作幕后黑手，他以为自己看到了路骏写完信回来装晕的过程，但这只是假象。

在后来的几次循环中，界心鸣从未在电视或报纸上看到过大坝蓄水延期的新闻，这么大的事情不可能没有报道和通知。难道只有界心鸣被淹死那次是特殊吗？不可能，在循环中最大的变数就是他们，像蓄水这种巨大事项绝不会更改。

真相呼之欲出，不是蓄水提前了一天，而是他们把日子记错了一天。

为什么会记错日子？

因为幕后黑手留下来的信中明确说了还有三天。界心鸣猜想幕后黑手写的其实是“2”天，但被路骏加了一笔改成了“3”天。上天是公平的，路骏的留言被人改过一次，这次轮到他改别人的留言了。

葛浩成用左手写完信后，把笔留在了纸箱上。由于体质的原因，路骏率先苏醒，注意到了黑色纸箱。他看到了信，得知林盼盼的死另有隐情，他想要为自己和林盼盼复仇，又怕凶手会逃脱惩罚，干脆一不做二不休，误导所有人，让所有人都葬身鱼腹。

那次循环，路骏溺死前的那句遗言就是为此而道歉。

为避免看到笔联想到有人改过信这件事，路骏还把笔收了起来。后来，界心鸣为周忍冬排蛇毒，路骏拿出的笔正是葛浩成的笔，葛浩成怕暴露，没有认领。界心鸣把他们带出白水村喝酒那次，他向路骏要笔，路骏只能去前台要来一支圆珠笔，就是因为路骏没经过昏迷，没拿到葛浩成的笔。

而界心鸣误会路骏是幕后黑手，其实，他看到的是路骏改完信回来装晕的场景。路骏的这个举动打乱了葛浩成的计划，他们醒来后发现还有三天，竟然一点都不紧张。葛宏发居然还提出走出去这种方案，如果是三天，那走出去确实还有一线生机。实际上只有两天时间了，黑水川的桥还被炸断了，没有他准备的路线图，他们会浪费更多的时间。

按葛浩成的计划，他们本该心无旁骛地调查林盼盼的死亡，因为那才是生机所在。但葛浩成也没有什么办法，事态已经超出了他的掌握。他不敢贸然推荐调查。如果表现得太激进，他就会像其中一次循环的界心鸣一样，被当作幕后黑手，直接被指出来。他只能跟着葛宏发他们出发，最后在黑水川附近和葛宏发发生矛盾，坠崖而死。

“确实是我召集你们来的，所以呢？我已经死过一次了，循环并没有停止。”葛浩成摊手说道。

众人无言以对，他们终于理解了界心鸣所说的“没有用”究竟意味着什么。

“你们谁知道我姐的墓在哪儿？”界心鸣突然问道。

林盼盼原先的墓应该在白水村，但随着大坝的建设，白水村成为蓄水区，有主之墓都被迁移到公共墓园了。界心鸣不知道新地点。车内一片沉默，他们这些对林盼盼有愧的人，这些年来从没有正大光明地祭拜过林盼盼。

“我知道村委会把所有墓都迁到岩山陵园了。你是觉得，扫墓可以化解林盼盼的怨气？”王传明说道。

界心鸣听到王传明的回答后冷笑一声，继而悲凉地说：“我只是觉得，这么久了，该去看看她了。”

“那我们一起去吧。”周忍冬提议。

众人分批挤在界心鸣和葛宏发的车里，摇摇晃晃地前往陵园，一路上没人说话。

墓碑空荡荡地立在日光下，生出一块浓郁的黑暗。路骏和葛浩成为林盼盼墓添了土，拔掉了杂草；界心鸣用清水擦干净了她的墓碑；周忍冬拿出了路上买的香烛和各色糕点。他们每个人都为林盼盼烧了一沓纸钱。

你可以安息了，界心鸣在心里对林盼盼说，真相已经现世，你也可以离去了。纸钱燃烧的火焰中似乎映照出了林盼盼满足的面容。界心鸣摩挲着墓碑，说道："以后我会多来看你的。"

他不是不在意路骏说过的话，但如果一个人对你好了一百天，却只对你坏了一天，你还是会把他当好人吧？也许人与人之间的账不能这样算。就算听到那些话，他也做不到由爱转恨，在他的记忆中，林盼盼依然是他的好姐姐。

祭拜快接近尾声，香烛燃尽。他们也准备走了。

天空落下雨来，乌云从天际压下来，豆大的雨点如断了线的珍珠项链不断落下。雨越下越大，打得树叶啪啪作响，雨水落在地上，拍打出大地的气息，空气中飘着一丝泥土和青草的香味。地上的水汇成小溪，向低处流去。

"别发呆了，我们快走。"周忍冬催促界心鸣。他们没有带伞，只能去车上避雨。

界心鸣向周忍冬跑去，回头又望了一眼，林盼盼的墓碑在大雨中渐渐模糊了轮廓。

◐

耳边传来嘈杂的响声，混着难闻的气味，刺激着界心鸣的神经。他终于睁开眼，可是什么也没看到。面前紧挨着一堵墙，压得他喘不过气来。枕头湿湿的，界心鸣自嘲地勾了勾嘴角，费力地翻过身。

眼前的景象让他觉得自己仍在梦里——他在火车上，躺在卧铺上。

火车前进的噪声，小桌上只剩汤的泡面，对铺露在被子外的一只脚，隐隐散发着臭味。界心鸣不敢相信，闭上眼，狠狠掐了下眉头。疼痛从两眉间传来，他再次睁开眼，一切都没变，他还在车厢里。

列车员刚好来查票，界心鸣翻找外套，在内口袋里发现了车票，掏出一看，车票上赫然印着：阜清—迁江。界心鸣看了眼表，晚上十一点十六分。他急忙询问列车员日期，被告知现在是六月一日。

循环，结束了？

查完票后，界心鸣瘫在卧铺上，久久不能平静。

上一分钟，他还被困在噩梦般的真实里，因为无法逃脱而崩溃。可当下一分钟，循环真的结束了。再回想之前的事情，他又觉得一切是那样不真实、那样遥不可及，就像一个绵绵黑夜里无法醒来的噩梦。在他满头大汗挣扎着醒来后，噩梦就在火车的轰鸣声和逼仄的床铺间远去，只留下一段似梦非梦的恍惚记忆和解开心结后的释然与平静。

◐

在这个漫长的梦后，他发了一场高烧。烧退后，界心鸣觉得浑身说不出的轻松，渐渐地回归了正常的生活。

后来，他去周忍冬家附近打听过她的近况，得知周忍冬和赵彬离了婚，借了一笔钱，开了一家小服装店。正当他准备离开时，周忍冬进货回来，拽着拖车找钥匙开门，虽然神情略显疲累，但眉宇间不再有阴霾。界心鸣没有上前打扰。

除此之外，他没有去找过任何人，也没有去确认一切是否真的发生过，那不再重要。无论循环是否真实，林盼盼的死都是无可辩驳的事实。她的死亡刻在他们每个人心里，成了禁锢终身的枷锁。心结虽解，可死亡的事实永远无法改变。

界心鸣兜兜转转，上了天台。天台上有一个巨大的晒衣场，挂着颜色各异的床单和被褥，就像旗帜一般。

界心鸣深吸了一口气，空气中带着点洗衣粉的味道，很好闻，不亚于花香。他站在天台边上，俯视下方，人群在繁华的街道上缓缓流动……

宇宙会膨胀，然后缩回原形，周而复始。

你不知道的是，当宇宙再度膨胀时，现在的情况又会重演。

你犯的每一个错，将会一次又一次地出现，永无止境。

所以我劝你，错误发生后立即修正，

因为这一次，是你唯一的机会。

——《K 星异客》

番外

捞月人

我走在船舷上，潜水衣紧紧绷在身上，仿佛成了我的第二层皮肤。

抽完一根烟，我开始做准备运动。有些人下水前喜欢喝酒暖身子，这种土方反而会损伤人的身体，因为酒精刺激毛细血管扩张，逼着身体产生更多热量，乍一下会感觉很暖和，其实是在透支自己的体力，一遇冷水，会成倍消耗体力。而且酒精也会混淆人的认知，水况复杂时，一个失误可能就会葬送自己的生命。

我压低身子，弓起背，放松自己，背过身子翻身下水，如一片叶般落入水中，待到适应江水后，我才打开头上的潜水灯，向深处游去。

一般人因恐惧而闭上眼睛的时候，我却睁大了眼睛，想要把这些奇特的景象深深印入眼底。水底的树木早已经死去，被江水泡成墨黑色，叶片当然早已落尽，取而代之的是各种不知名的水草，黑色的、绿色的、暗红色的，缠绕在树上。茂盛的树枝将城镇切割成不规则的几块，渺小的街道上散落着被废弃的汽车、自行车，被水浸泡的房屋大多变形坍塌。

我继续下沉，顺着街道，拂去门牌上面的污泥，找到了目的地。这是我第五次下水，总算找到目标了。

◐

他们说，李白是醉后为了捞水底的明月才落水身死的。

我没有喝醉，知道明月不在水底而在天上，但这也不能阻止我一次又一次下水。我下水不为明月，只为生计。

有人叫我们打捞员，我更喜欢管自己叫捞月人。我本在亘南工作，由于母亲患病，不得不回到家乡。因着大坝蓄水带来的际遇，才得以到水底谋生存。

捞月人的工作很简单，就是潜水找东西，不同于其他潜水员捞珍珠、海鲜、尸体……

我们找的是城市过去的记忆。随着蓄水，大量的城镇、村落被淹没，人的记忆也就沉在了水底。

蓄水带来的际遇主要有两个，首先是旅游业，大批被水淹没的城市在哪儿都算得上奇景，吸引了大量猎奇客。但潜水本来就有一定门槛，而且缺少时间的沉淀，水下废弃的城镇还未展现出废墟的美感，或者说，它所能呈现的美感也有限。江水中可没有珊瑚和五颜六色的海鱼，而且到了水深处，水底一片漆黑，与其叫观光地，不如称它为恐怖片现场。你说蓝天、碧海、白沙不是比黑乎乎的江底好吗？不过，旅游业需要的潜水教练也有限。

另一个际遇是打捞物品。百万人搬迁，总有人将重要的东西落在水底，有些东西无可替代。这时候，他们就会找到捞月人，出大价钱让捞月人取回他们的回忆——有时是贵重首饰，有时是工艺品，有时还有更多稀奇古怪的东西，比如这次。

出水后，我把袋子丢到船上，喝着同伴递过来的姜汤，又接过一袋盐花，擦拭身体。

“你下次能不能多花几毛钱买点细盐。”我对同伴说道，“这盐疙瘩都快把我的皮割破了。”

“那是船家拿来腌鱼干用的，别嫌弃了。”

我把剩下的盐狠狠丢到他脸上：“那下次你自己下水别拉上我，捞这东西多晦气。”

同伴把袋子收起来：“升官发财寓意多好，这可值不少钱呢。”

我刚从水底捞起来的东西不是棺材而是骨灰盒，也不知道这户人家当年是怎么想的，居然连先人的骨灰盒都会丢下。

常言道水火无情，靠水吃饭的人大多都比较信这些东西，比如平日不能说“翻”，吃鱼不能翻鱼身。只有我们这些穷疯了的敢赚这种钱，不过捞骨灰盒的钱确实比捞其他东西多。

我看到远处的一条小舢板上，有个人正在下水。这是我第一次见到那个人，他们都管他叫“耗子”。

同伴提醒我道：“不要惹他，这个人应该有问题。”

“什么问题？”我好奇地问道。

同伴摆了摆手：“我也不清楚，反正他来路不正。”

同行当中没人知道“耗子”的来路。他似乎就在江边搭了一个草棚住下了，以贝类、小鱼为食，很难想象，现代社会中还有人能容忍没有电器的生活。

日头下，我望到了他的脸，白得像廉价的白瓷。一个可怕的联想立刻跃出我的脑海，那张脸简直就和鬼片里的幽灵一样，白净的脸，哀怨的眼神。一眨眼，我就找不到他了，他跃入水中，如同一滴水落入江海。

后来我才知道这个“耗子”对潜水有着疯狂的执着，潜水一般会挑天气稍暖的时候，虽然到深水区，江水都冰冷刺骨，但在浅水区，体感还是有很大不同。我们下水也会选风和日丽的天气，风和，水面上就能平稳一些，日丽，水下的能见度也会好一点。但“耗子”除开冬天和一些糟糕天气，似乎一直就待在水里，联想到他那副可怕的模样，我甚至以为他是水鬼。

没想到，就在两个月后，我同他有了交集。

◐

干我们这行，地图很重要，甚至比自己的技术还重要。如果有详尽的水下地图，一个技术平平的捞月人也能找到目标；要是不了解水下情况，一个高手也可能阴沟里翻船。

我又接到一个活儿，是去一个村子的废墟捞回一件遗物。村庄的情况一般没有城镇那么复杂，毕竟村庄没有城镇的建筑。可处于郊区，哪怕是在陆地上，你要是不认识路，也可能走错村子，更何况在水面上，我们根本看不到水下的情况，也没有什么参照物可以确认，更没有老乡能问路，找对位置反而成了最大难题。

这时候有人提议我去找“耗子”。“耗子”一直在收集蓄水区一些村落的地理信息，一般付钱或交换信息，“耗子”会愿意帮这个忙的。

但我并不知道“耗子”具体住在哪儿，他活得就像野生动物，草棚搭到哪儿都可以。还好有人提起“耗子”最近会在捞月人常去的酒馆出现，我有意去找他，去了大概三四回就碰到了他。

大概由于泡多了水，他浑身发白，毛发似乎都脱落了，两只眼睛又鼓又大，像是得了甲亢，又像是成了鱼眼，有一种说不出的怪异感。

我见到他时，他正在酒馆外与人交谈，似乎是又一宗交易。我也没太意外，便躲在了一边。等他们分手后，我再装作偶遇，同“耗子”说上了话。听口音，“耗子”应该也是本地人，只是他的声音就像老鸮鸟一样难听。

我和他做了交易，付钱请他协助，“耗子”的情报很准确，我找到了那个村子。可是那件遗物由于浸泡时间太长，已经半腐了，雇主挑三拣四，不想付钱。我同雇主大吵了一架，最后只拿到了一半的酬劳。

那段时间，我正缺钱，母亲的病越发严重，医药费宛如一个无底洞一般，怎么也填不满。而我能接到的活却越来越少。夏天一旦过去，我就得暂时关张去找别的营生，但我也只能找些体力活，普通的体力活又怎么能负担我母亲的医疗费呢？我愁得大把大把掉头发。

这个时候，捞月人之间流传起一个说法，说水底下有几十吨废铁。废铁、木材其实都是资源，尤其是木材，据说浸泡在水里的木材经过水压和水流的洗礼会成为阴沉木。有个捞月人听说阴沉木值钱，错以为只要是水底下的木头就都是阴沉木，雇船打捞起好几根木头，理所当然蚀了本，但废铁总不会出错，毕竟铁总是铁。

捞废铁有些吃力，但至少有钱赚。正缺钱的我动了这个念头，想赶在不能下水之前再做一笔生意，但没有找到合适的合伙人。一般人都觉得老老实实捞点东西多好，没必要费这个功夫，赚这点辛苦钱。而且废铁在白水煤矿，听说是原先的采矿设备，但要找到白水煤矿很困难，其难度远胜过我当初找到村庄。而且，打捞废铁的船费和器材钱也是一笔不小的开支。我只能放出风声，看看还有没有人有兴趣，结果一整个月都没人理会我。

夏天终于过去了。西南的湿热让我感到有些不适，整个人昏昏沉沉的，像是泡在福尔马林里。这个时节正是秋老虎肆虐的时候，我躺在出租屋里休息，一个影子掠过我窗前。“是谁？”我看出去，外面空空如也，一个人也没有，但敲门声很快响起。

我赶紧去开门，看到“耗子”浑身是汗地站在门外。

他道：“外面太热了。”

我忙让开路，请他进来吹风扇。他说他想和我一起去探探白水煤矿，想入一份股。我自然是欢迎的。可他又说自己没钱，只能技术入股。

我原本就想拉上“耗子”，光凭他对阜昌水底的了解程度，他就是我下水时的不二之选。他虽然不能出钱，但我还是应了下来。我想实在不行的话，我就去借钱，借到器材钱再说。我和他把细节一一敲定，一直聊到半夜。

他走时，我本想请他吃顿消夜，增进下感情。毕竟下水之后，除了自己，就只能靠对方了。他却快步离开，不打算停留。我喊了他几声，他好像没有听到，我跑到门口想拉住他，他的衣角却从我的指缝中溜走，只留下滑腻的触感。

我追到一条小巷里。巷子里昏黄的路灯不停地闪烁，耗子跑得出乎意料地快，我跟丢了，他就像一摊水消失在日光下。

◐

在打捞前，我和“耗子”一起下水勘探具体位置。他没有钱，由我垫付了氧气瓶、租船费之类的费用。

“耗子”已经掌握了大致方位。白水村作为一个群山中的小村子，能找到大致方位就已经非常难得，也不知道“耗子”私下里花了多大工夫。

这是我和“耗子”第一次合作。下水之后，我不由得惊叹，

“耗子”的技术确实高超，比起人，他更像是某种水生动物。在江水中浸泡久了，他的体温很低，给我一种清冷的感觉。我顺着他的动作在水底穿梭，觉得要比我自己一个人潜水省力得多。在水里，我仿佛变成了一条蛇，吐着芯子从江底游过。直到氧气不足，我才上船休息。

夜色很快就降临了，我又看到了诡异的一幕：惨白的月光下，一个身影出没在水里，翻滚嬉戏，宛如不需要呼吸般在水里停留，过很久，才仰起他比月光还苍白的脸呼吸。

在船上待了五六天，我们一点点朝着目标逼近。我快吃厌了清汤挂面，“耗子”却不知道从哪里捞到一条活鱼，正用随身的小刀去掉鱼鳞，破开鱼肚，就着江水洗净了鲜鱼，然后将鱼片成小片，蘸了点盐花直接送入嘴里。

他见我看得出神，便对我说道：“要来一点吗？”

我只觉得别扭，据说淡水鱼有很多寄生虫，在他眼里白花花的鱼肉或许是美食，但在我眼里，我只看到了密密麻麻的虫卵。

“不用了，谢谢。”我拒绝了他。

◐

三天后，我们成功找到了白水村，紧接着就是白水煤矿。

差点杀了我，我就怒不可遏，摆动四肢，赶了过去。

“你居然还能上来？”“耗子”见我也上了船，有些惊讶。

“你究竟是谁？”我问道，“你在水下究竟干了什么？”

他没有回答，抓住一个气瓶向我砸来。我急忙闪开，从侧面过去抱住了他的腰，想把他推到水里去。我原以为“耗子”只是水下厉害，没想到他在船上也力气大得惊人。我反而被他打翻在地。他又摸出了那把杀鱼的小刀，扭打中，刀在我腰上划出了一道又长又深的口子。鲜红的血液立刻流了出来，我不由得发出一声闷哼，赶紧朝后退去。“耗子”见一击得手，乘胜追击，我只能一退再退。

因为我们激烈的打斗，船在水面上左摇右晃。我被船摔翻，为躲避“耗子”，朝边上滚了几圈，结果滚到了一个袋子边上。这个袋子是“耗子”费尽力气从水底捞起来的。

我一碰到袋子，“耗子”看我的眼神都变了。我没理会他威胁的目光，打开“耗子”带上来的袋子。原以为是什么宝物，没想到只是一堆没什么用的石头。

我一怒之下，将他捞起的奇怪石头丢入水中。只见“耗子”狠狠瞪了我一眼，就好像我把他的月亮丢了一般。他没再理会我，而是拿起设备又跳入了水中。而我趁这个机会开走了船，在远处远远观望。

“耗子”没有再露出水面。雨越下越大，惊恐之下，我开船离开了那片水域。自那之后，我再也没有见过“耗子”。

医院又来电话催缴医药费，无奈中，我只能再雇船去白水煤矿，但白水煤矿根本没有预料中的那么多废铁。我只打捞到那天找到的设备，而且出水后只有几吨，锈得快成了泥，我彻底蚀了本。

母亲的病越来越重，最后，还是没熬过那年的寒冬。母亲去世后，我也离开家乡，再次回到亘南，成了一名潜水教练。

一个偶然的机会，我在亘南遇见一个从家乡过来投靠亲戚的捞月人。晚上，我们在酒吧喝酒聊天，谈起水下那些失落的村庄、那个灯光昏暗的酒馆、那份艰苦难熬的活计。

也是那个晚上，我听说，又有人在打听白水煤矿的消息。

［完］